गुलमोहर के गुच्छे

(कहानी-संग्रह)

गुलमोहर के गुच्छे

मंजुल भगत

भारतीय ज्ञानपीठ

लोकोदय ग्रन्थमाला : ग्रन्थांक 374

पहला संस्करण : 1974
दूसरा संस्करण : 1989
तीसरा संस्करण : 2022
चौथा संस्करण : 2025

वाणी प्रकाशन : भारतीय ज्ञानपीठ की पुस्तकों के एकमात्र प्रकाशक एवं वितरक

वाणी प्रकाशन
4695, 21-ए, दरियागंज, नयी दिल्ली-110 002
दूरभाष : 011-23273167, 23275710
ईमेल : sales@vaniprakashan.in
www.vaniprakashan.com

ISBN : 978-93-5518-545-7

मूल्य : ₹ 425

गुलमोहर के गुच्छे
(कहानी-संग्रह)
मंजुल भगत

GULMOHAR KE GUCHCHHE
(Short-Stories)
by Manjul Bhagat

आवरण-शिल्पी : पुष्पकणा मुखर्जी

मुद्रक : आर. टेक ऑफ़सेट प्रिंटर्स, दिल्ली-110 032

ललित और शरत-पूनम
के लिए

अनुक्रम

खोज

मिसेज़ वर्मा पाँच बजते ही दफ़्तर से निकल पड़ीं। दरवाज़ा खोलते ही झुलसा देने वाली लू का ज़बरदस्त थपेड़ा उनके मुँह पर पड़ा। उन्होंने काले चश्मे को ज़रा-सा नाक पर से सरकाकर सामने चिलचिलाती धूप का मुआयना किया, और उनके मुख से अनायास ही 'उफ़ !' के साथ एक लम्बी आह निकल गयी। फिर वही, तपते सूरज की गरम सलाखों-सी किरणें, बदन पर दाग़ देतीं-सी। बस के अन्दर की उमस, घुटन-भरी ठेल-पेल, पसीने की सड़ाँध, कुचले पाँव, कामुक घृणित स्पर्श, उतरते समय चढ़ने वालों का रेला। फिर? फिर, घर ! छोटा-सा आँगन, तार पर फैले उजले-धुले कपड़े। हाथ का टिफिन-बॉक्स और पर्स पटककर, सबसे पहले वे उन्हीं को समेटने में लग जायेंगी। कपड़े तहाकर रखते ही उनमें से एक तौलिया छाँट कर कन्धे पर डाल वाश-बेसिन की ओर चल देंगी। आँखों में रड़कते रोहों पर पन्द्रह-बीस बार पानी के ठण्डे छींटे मारेंगी, फिर हाथ-मुँह धोकर, गीले टपकते मुख को पोंछ डालने के पूर्व ही, 'मिनी फ्रिज' की बदौलत प्राप्त ठण्डे पानी का गिलास गटागट पी जायेंगी। सवेरे का बँधा जूड़ा भी धीरे-से खोल देंगी। तब जाकर ज़रा-सा संयत हो पायेंगी। अपनी बिखरी हुई हालत को समेटते-न समेटते वर्मा जी की चिर-परिचित पदचाप सुनाई पड़ जायेगी। उनके पति रोज़ की भाँति आज भी सपाट, भावहीन, श्रान्त-क्लान्त चेहरा लिये घर के अन्दर दाख़िल होंगे, बेसब्री से आँगन में दो कुरसियाँ घसीटते-घसीटते ही वे चाय की फ़रमाइश करेंगे। तब, मिसेज़ वर्मा 'नीलिमा' बन जायेंगी।

बिस्कुटों की कुरकुराहट और चाय की चुस्कियों के साथ, दोनों फिर, कुछ देर सुस्ता लेंगे। इधर-उधर की मतलब-बेमतलब गुफ़्तगू भी होती रहेगी।

"चलती हो नीलिमा, ज़रा मार्केट तक? सिगरेट लानी है।"

"हाँ चलो। ड्राई-क्लीनर को कपड़े भी देने हैं, डबल रोटी-मक्खन भी लेते आयेंगे।"

नीलिमा बालों की ढीली-सी चोटी गूँथते-गूँथते खड़ी हो जायेगी।

मार्केट में टहलते, ख़रीदते, परखते, चाट की दुकान पर जुटी औरतों की साड़ियाँ निरखते, पानी के बताशे खाने को उसका मन भी मचल पड़ेगा। तब उसके पति भी आलू-पापड़ी का पत्ता लगवाकर खड़े हो जायेंगे। शाम का कुछ हिस्सा यूँ ही गुज़र जायेगा। घर जाकर कुछ पकाना भी तो है, नीलिमा चाट के चटखारे से चिपटी हुई ज़बान को मुँह के अन्दर फिराती हुई सोचेगी।

पकाने-खाने की व्यस्तता के पश्चात्, राहत-भरा नर्म बिस्तर उनके क्लान्त शरीर को अपने सीने से लगा लेगा। कसमसाती रीढ़ की हड्डी बिस्तर की टेक पर चैन पा जायेगी। पुरसुकूँ, रेशमी अँधेरा उनके माथे की दुखती रगों पर अपने नर्म होंठ रख देगा, जैसे कोई माँ दुलार से चूमकर अपने खीजे बच्चे को शान्त कर ले।

"नीलू !" धीरे से उसका गात सहलाते उसके पति का आग्रह-भरा स्पर्श, साधिकार उसे अपने समीप खींच लेगा। क्षणभंगुर आवेश। घनिष्ठ सामीप्य की सुखद ऊष्मा। आश्वासन देता-सा दुलार, कुछ खोजते-से उष्ण स्पर्श, आनन्द की उठती लहर। और फिर, दोनों अपने-अपने बिस्तर पर अलग-अलग द्वीप बन जायेंगे।

तब 'नीलू' भी केवल 'मैं' रह जायेगी। वह सोचेगी, यह 'मैं' हूँ। मिसेज़ वर्मा और नीलिमा से भी अधिक महत्त्वपूर्ण, केवल 'मैं', अनाम किन्तु फिर भी 'मैं'। न जाने कब, माथे पर से मिटी हर शिकन नींद की मिठास में डूब जायेगी।

□

कीचड़ में सने पाँव, पानी पीकर भारी हुई रपटती चप्पल, वक्ष से सटा निर्लज्ज भीगा आँचल, मुख पर पड़ी फुहार में जमी बालों की लट लेकर जब मिसेज़ वर्मा दफ़्तर पहुँचतीं, तब उन्हें इस रसिक-प्रिया ऋतु सावन पर बड़ा क्रोध आता, 'कवि जी ! छत की मुंडेर से लगे गहरे काले बादलों की पाँत को आकाश में तैरते देखना और बात है, और लदे-फदे, बरसात में घिसटते, दफ़्तर पहुँचकर 'डिग्नीफ़ाइड' लगने के प्रयत्न में 'रिडिकुलस' लगना कुछ और ही बात है। घर की सुरक्षित चहारदीवारी में मौसम को अपने अधीन किया जा सकता है, पर सड़कें नापते समय मौसम का ही पलड़ा भारी पड़ता है।' सड़क की रपटन पर पचर-पचर चप्पल फटकारती नीलिमा यही सोचे जा रही थी। उसके बाद शीत आयेगा। कुण्डली मारकर कम्बल की नीवास के भीतर गुड़मुड़ हुए, जोड़ा कितना भला लगता है, कितना अपना, बिलकुल मासूम। और सड़क पर? फरफराते दुशाले के भीतर ठिठुरता बदन, जमते होंठ, नीली पड़ती नाक की नोंक, सूजी-फूली पाँव की उँगलियाँ, सुन्न और सख़्त पड़ते हाथ। कितना बेरहम और पराया-सा लगता

है तब जाड़ा !

ख़ैर, घर से दफ़्तर और दफ़्तर से घर जाने के लिए कोई मौसम ठीक से बना ही नहीं। इसी मौसम के बदलते तेवर पहचानते-पहचानते, वक़्त आगे-आगे सरकता जाता है। वर्ष बनते जाते हैं और एक के ऊपर एक लदते जाते हैं। इस लदान को लादे-लादे सब घिसटते रहते हैं किस 'ध्येय' की ओर, और क्यूँ ? कभी तो ऐसा लगता है, जैसे उसका कोई निजी अस्तित्व ही नहीं है; मिसेज़ वर्मा, नीलिमा, नीलू सब अलग-अलग नाटक में किये गये अलग-अलग 'रोल' हैं। उसके अन्दर का जो 'मैं' है, उसका 'रोल' क्या है ? दफ़्तर, पति, माँ-बाप, यहाँ तक कि घर की धोबन, जमादारिन, कहारिन, सभी ने उसे एक-एक व्यक्तित्व बख़्श दिया है, जिसके अनुकूल होकर उसे जीना पड़ता है। लगता, मानो नीलिमा, सदा दूसरों के माध्यम से ही जीती आयी है। दूसरे उससे जिसकी अपेक्षा-आशा करते हैं, वही नीलिमा बनती जा रही है। लकीर पीटते-पीटते वह भूल ही गयी है कि कुछ नया भी उससे हो सकता है। हर परिचय, जो उसे प्राप्त हुआ है, किसी-न-किसी के निर्देशन में हुआ है। परिचय देते समय उसके व्यक्तित्व को अनेक परिभाषाओं से व्यक्त किया गया है। सभी परिभाषाओं की एक सीमा रही है।

"इनसे मिलिए, ये मिसेज़ वर्मा हैं। 'क्रिएटिविटी एडवर्टाइजिंग-एजेंसी' में कॉपीराइटर हैं। बहुत 'ओरिजिनल और कल्पनाशील' हैं।"

"यह नीलिमा हैं, मेरी पत्नी। भई, आई एम रियली वेरी-वेरी लकी, घर और बाहर दोनों मैदानों में दक्ष।"

"यह हमारी मँझली बेटी है। दामाद 'टपोड़िया ब्रदर्स' में अफ़सर हैं।" आदि-आदि।

यदि किसी दिन किसी अजनबी से मुख़ातिब हो अपना परिचय उसे ख़ुद देना पड़े तो ? क्या कहेगी ?

"जी, मैं 'मैं' हूँ। सदा बेचैन रहती हूँ। जीवन में न जाने क्या-क्या खोजा करती हूँ। आप सुनाइए। आप ज़िन्दगी में कौन-सा 'रोल' अदा कर रहे हैं ? या यूँ कहिए, कौन-सा 'रोल' आपको सबसे अधिक प्रिय है ?"

□

"सुनो, मेरी एक माह की 'अर्न्ड लीव' जमा हो गयी हैं। सोचती हूँ, ले ही डालूँ। दफ़्तर से जी ऊब गया है।"

"तो ले लो न, बम्बई हो आओ कुछ रोज़। तुम्हारी माँ भी खुश हो जायेंगी। 'चेंज' भी हो जायेगा।"

"तुम भी चलो न !"

"मैं तो भई, इस समय नहीं चल सकूँगा, बेहद 'बिज़ी पीरियड' है, आजकल।"

चाय की आखिरी चुस्कियों तक फ़ैसला भी हो गया।

नीलिमा बम्बई पहुँच गयी, 'चेंज' के लिए कैसा चेंज? किससे 'चेंज'? जीवन का क्रम यहाँ भी है। धीरे-धीरे माँ चुक रही हैं। पिता जी ढल रहे हैं। दर्शक बनी वह देख रही है। जीवनी-शक्ति क्षीण पड़ रही है, किन्तु जीवन की गति उतनी ही तीव्र है। बालकनी से दिखलाई पड़ती, जलती-बुझती रोशनियाँ, चौराहों पर चमकते रंगीन पोस्टर, सड़कों पर दौड़ती गाड़ियाँ, कहीं कुछ भी तो जीवन से परे नहीं।

वह जो जाना-पहचाना-सा खूबसूरत चेहरा, अगणित पोस्टरों से झाँकता, इतराता, मुस्कराता दिखलाई पड़ता है, उसको ही लो। उसकी दुनिया भी क्या इस दुनिया से भिन्न होगी? नाम और शोहरत के उच्चतम शिखर पर पहुँचकर क्या वह कलाकार मन-जीवन से पूर्णतया परितृप्त होगा? उसे तो आभास भी नहीं कि इस पल नीलिमा नाम का कोई प्राणी धरती पर है और उसके बारे में सोच रहा है, चाहे क्षण-भर को ही।

नीलम वर्मा टैक्सी में है। टैक्सी उसके आदेशानुसार बान्द्रा की ओर भागी जा रही है। रचना स्टूडियो के गेट पर आकर उसकी चाल धीमी पड़ गयी है। दरबान ने ही रुकने का इशारा कर दिया था। नीलिमा दूर से ही उसे अपने दफ़्तर का विज़िटिंग कार्ड दिखलाकर बड़े इत्मीनान से कहती है—

"रिपोर्टर, 'धारा-प्रवाह' समाचार-पत्र।"

"बढ़े चलो।" दरबान इशारा करता है।

भाड़ा चुकाकर, नीलिमा गलियारे में दरवाज़ों पर नेम-प्लेट पढ़ती-पढ़ती सीधे मैनेजर के कमरे में दाखिल हो जाती है। मैनेजर प्रश्नसूचक नज़रों से उसकी ओर देखता है। नीलिमा फर्राटे से टेप किये हुए संवाद की भाँति बोल जाती है, "आई एम सॉरी टू डिस्टर्ब यू, बट आई एम ए रिपोर्टर फ्राम डेल्ही। आई एम हीयर ओनली फ़ॉर टू डेज़, आई वुड लाइक टू विज़िट योर सैट्स फ़ॉर माई कॉलम, एण्ड वुड ऑल्सो लाइक टू मीट राकेश कुमार फ़ॉर ए राइट अप ऑन हिम।"

"रा-के-श कु-मार??"

मैनेजर कुछ इस तरह सकपकाया, जैसे नीलिमा भगवान् के दर्शन माँग रही हो।

"राकेश कुमार!" अभिभूत मैनेजर ने श्रद्धापूर्वक दोहराया, "वे तो इस समय मेकअप रूम में हैं। कुछ मूड भी गड़बड़ है। मैं आपको सेट पर ले चलता हूँ। उन्हीं का सीन है, 'सुनहरा पत्थर' का। कुछ देर बाद वे भी पहुँच जायेंगे।"

सेट पर पहुँचकर नीलिमा ने मैनेजर से कहा, "आप मेरा परिचय राकेश

कुमार से करवाकर जाइएगा।" मैनेजर एकदम घबरा गया। बोला, "न बाबा न, यहाँ तक मैं ले आया। अब आप ही जानें।" और वहाँ से ऐसा ग़ायब हुआ, जैसे आइसक्रीम के लिए पैसे पाकर बच्चा।

□

सेट पर बेहद गरमी थी। तकनीशियनों की भरमार, ट्रॉली पर खिसकता मूवी कैमरा, कैट वाक पर दमकती सशक्त रोशनियाँ, दर्शकों की उत्सुक भीड़। इन सबके बीच चिड़ियाघर में सींख़चों के पीछे क़ैद परिन्दे की मानिन्द ही 'सुनहरा पत्थर' की नखरीली हीरोइन बैठी थी। वह लाल, कामदार, जगर-मगर लहँगा-चोली पहने नृत्य-मुद्रा में बैठी, नायक की प्रतीक्षा कर रही थी। रूठे हुए-से होठों की कोर को कभी लिपस्टिक से तीखा करती, कभी 'पफ़' से मेकअप जमाती, अपनी प्रदर्शनी का उसे एहसास था। 'आया !' बड़ी नज़ाकत से वह अपनी नौक-रानी को पुकारती। 'आया' भी उसकी उतरन में मिली लाल धक-धक शिफ़ॉन की साड़ी और एकदम 'फ़िट ब्रा' में लैस हुमकती फिर रही थी। 'टेक टू' की प्रतीक्षा में एक जोड़ी फ़िल्मी माँ-बाप भी एक ओर खड़े थे। फ़िल्मी माँ जवान थी, किन्तु उसका चेहरा कैमरे में हर कोण से कुछ बड़ा-बड़ा, चपटा और सादा दिखलाई देता था। होठों की हँसी ममतामयी स्निग्धता लिये थी। शायद इसीलिए उसे केवल माँ के ही रोल अदा करने पड़ते थे। फ़िल्मी बाप की सूरत शायद पैदायशी रोनी थी। वह एकदम निरीह, सताया हुआ लग रहा था। वह 'हीरोइन' पर गुज़रते सदमों पर, पार्श्व में आँसू बहाता हुआ बहुत फबता था, इसीलिए बहुत 'डिमाण्ड' में था। इस समय वह फ़िल्मी माँ से छेड़-छाड़ कर रहा था। बेचारा चुहल करते समय भी मनहूस लग रहा था, मानो अभी उसकी हिचकियाँ बँध जायेंगी और वह फूट-फूटकर रो देगा।

"अरे भाई, राकेश जी को बुलाओ न, सेट तैयार है।" निर्देशक की सिट-पिटायी-सी आवाज़ थी।

"राकेश जी मेकअप-रूम में हैं।" किसी ने उत्तर दिया।

"अरे, वह तो मैं भी जानता हूँ, पर वह हीरोइन कौन कम है, वह जो सेट पर बैठी है। उसे कौन सँभालेगा?" निर्देशक की सिट्टी-पिट्टी गुम हुई जा रही थी। दो-चार चापलूस मेकअप-रूम की ओर दौड़े। "पंखे की हवा तो छोड़िए न", हीरोइन ने ग़ुस्से में हसीना का रोल अदा करते हुए पब्लिक से कहा। दर्शक बलैयाँ लेते-से पंखे की सीध से ज़रा-सा हट गये और निगाहों से गुड़िया-सी हीरोइन को समूचा लीलने का प्रयत्न करने लगे।

पसीने की बूँदें नीलिमा की टाँगों तक फिसल आयी थीं। बेहद उमस थी।

तभी, राकेश कुमार के सेट की ओर रवानगी की ख़बर फुसफुसाहटों में बिजली की तरह दौड़ गयी। दर्शकों ने उनके लिए राह बनायी और टकटकी बाँधकर उन्हें घूरना शुरू कर दिया। राकेश कुमार जी एक बाँह किसी 'चमचे' के कन्धे पर डाले बड़ी अदा से चले आ रहे थे।

"बा-अदब बा-मुलाहिज़ा होशियार, राकेश कुमार जी तशरीफ़ ला रहे हैं ··", जैसा कुछ हवा में बेआवाज़-सा तैर रहा था। नीलिमा ठीक राह में अड़ी रही। राकेश कुमार ने पल-भर को उसे देखा। कुछ हैरानी का-सा भाव निगाह में तिर गया। नीलिमा ने मौक़ा न चूकते हुए अपना वही टेप चला दिया, "आई एम ए रिपोर्टर ।"

"आई सी ।" राकेश साहब समझते हुए बोले।

"मैं अपने समाचार-पत्र के लिए आपसे कुछ पूछना चाहती हूँ।"

"जी कहिए।" राकेश कुमार एकदम फ़िल्मी अन्दाज़ में मुसकराये। मुसकराहट में कशिश थी। नीलिमा बेहद संजीदगी का आवरण ओढ़े रही, एक बेहद अपने काम से काम रखने वाले पत्रकार की तरह। चारों ओर लोग उन्हें घूरने लगे। निर्देशक असहाय-सा खड़ा नायक की सवारी अटकते देखता रहा। राकेश कुमार की धनुष-सी खिंची दिलकश मुसकान ज़रा भी ढीली नहीं पड़ी, जैसे 'क्लोज़अप' के लिए अपनी भाव-भंगिमा एक ख़ास ऐंगिल पर 'होल्ड' किये हुए हो, पर नीलिमा की आँखों में सम्मोहन न देखकर जैसे एक दुखता-सा विस्मय नायक के मुख पर पुत गया। चौंककर नीलिमा ने कुछ घिसे-पिटे-से प्रश्न किये। घिसे-पिटे ही उत्तर भी मिले। फिर बड़े थके-से स्वर में राकेश कुमार ने कहा—"ऐसे नहीं। 'शॉट' के बाद बात करेंगे।"

नीलिमा को लगा, वह एक अजीब दुनिया में आ गयी है। जहाँ केवल नाटक ही नाटक है और वही सत्य है। पर हर एक का उसके अनुरूप ढला रोल है—'किसी' का रोल 'किसी' को अदा नहीं करना पड़ता, शायद।

राकेश कुमार सेट पर ऐण्ट्री लेने को थे। आवाज़ करते पंखे बन्द करवा दिये गये।

'मेकअप' 'लाइट स्टार्ट' की आवाज़ आयी। मूवी कैमरा चल पड़ा। राकेश कुमार उसी सहज स्वाभाविकता से अभिनय करने लगे, जिसके लिए वे प्रख्यात थे। पर लगा जैसे उस स्वाभाविकता में पूर्णता का अभाव है, शायद 'रुचि' का भी। नायक को अपनी अदाकारी से जैसे कोई 'लगाव' नहीं था। कोई आत्मविस्मृति नहीं। वह सहजता नहीं, कहीं उदासीनता तो नहीं थी? वह अभिनय जिस पर लोग वाह-वाह कर उठते थे, केवल निष्चेष्ट प्रतिक्रिया था। कहाँ है कला की वह अनुरक्त साधना? नीलिमा सोच ही रही थी तभी देखा, सुन्दर-सी नायिका के अनेक क्लोज़अप लिये जा रहे हैं। कैमरा बड़े दुलार से बार-बार उसी के मुख पर

जा टिकता। नायक साहब संवाद बोलते-बोलते एकदम से बिगड़ उठे, बोले, "पैकअप ! मूड नहीं जम रहा। अब यह कल होगा।"

"हैं-हैं क्या ··क्या हुआ राकेश साहब ?" बुदबुदाते निर्देशक साहब उनकी अर्दली में दौड़े। बहुत फुसलाने-मनाने पर राकेश कुमार बोले, "अरे भई, सीन हम दोनों का है और तुम कैमरा मुझ पर टिकने ही नहीं देते, सारे क्लोज़अप इन्हीं के लिये जा रहे हैं—यह भी कोई बात हुई ?"

सुनकर नायिका भी फूल गयी। बस, प्रेम-संवाद बोलती प्रेमियों की जोड़ी, डाह और ईर्ष्या से सुलगती, सौतिनों-सी हो गयी। निर्देशक कभी इधर भागता, कभी उधर। छिः, यही है स्क्रीन का 'मेलसेक्स सिम्बल', औरत से होड़ लगाता हुआ !

"मेरे मेकअप-रूम में चली आइए। वहीं बातचीत हो जायेगी।" चौंककर नीलिमा ने सुना। हूँ, तो प्रचार की भूख प्रतिदिन नियम से लगती है, इन लोगों को।

मेकअप-रूम में पहले ही से कॉलेज की मनचली छात्राओं का एक दल दम साधे प्रतीक्षा कर रहा था। राकेश जी के अन्दर घुसते ही एक सुलगती हुई 'आह' उनके सम्मिलित कण्ठ से फूटी, और वे सब मेमने की भाँति अपने प्रिय हीरो को पिघलती नज़रों से ताकने लगीं। हीरो साहब सोफ़े पर बैठ गये और कुछ इतराते-ऐंठते-से अन्दाज़ में उन्हें अपना दीदार देने लगे। क़रीब पाँच मिनट तक यह सिल-सिला चला। फिर बड़ी अदा से राकेशजी महफ़िल बरखास्त करते हुए बोले—"अच्छा, अब आप लोग जाइए, कुछ ज़रूरी काम है।"

लड़कियों ने और भी गहरी आह खींची और ईर्ष्या-भरी नज़र नीलिमा पर फेंकती हुई वहाँ से चली गयीं।

"हाँ, तो अब कहिए, क्या पूछना है ?"

"आपके बारे में बहुचर्चित 'अफ़ेयर्स' सुने हैं। क्या यह सच है कि आप फ़िल्म स्टार रजनी से 'रोमाण्टिकली लिंक्ड' हैं ?" नीलिमा को यही सूझा, बस यही पूछ लिया।

राकेश कुमार बहुत थके-हारे-से हँसे। खिन्न-सी आवाज़ में बोले, "अरे भई, इस सबके लिए वक़्त ही कहाँ है ? दो-दो शिफ़्टों में काम करके एकदम पस्त होकर पहुँचता हूँ।" फिर, जैसे चौंककर वापस अपना मुखौटा ओढ़ लिया। वही चुस्त, युवा मुसकानवाला। पल-भर को लगा, उस नायक का सत्य केवल वही एक पल था, थका-हारा-सा, जिसे उसने एकदम छिपा लिया। जैसे उसके अन्दर का 'मैं' अलग-अलग रोल में, भटकते-भटकते राकेश कुमार की छवि का विस्तार भर रह भर गया है—परदे पर भी और परदे से हटाकर भी।

कुछ मोह भंग की स्थिति में वह घर पहुँची।

एक तो दफ़्तर की व्यस्तता से छुट्टी, उस पर माँ का घर। इतना आलस्य उसके शरीर में समा गया कि लगता, वह तमाम दिन बस निष्क्रिय तन्द्रिल-सी बिस्तर पर औंधी पड़ी रहे। पर कुछ ही रोज़ में, भोर होते ही उदर की गहराई से उठती मतली, राह चलते-चलते सर चकरा जाने-जैसी कुछ अटपटी बातों ने यह रहस्य खोला। नीलिमा ने भौचक्की हो डॉक्टर का निर्णय सुना, "आप फ़ैमिली-वे में हैं।"

माँ की आँखों में नवजीवन-सा कुछ चमक आया। नीलिमा की आँखों के सामने शिशु-मुख मँडराने के बजाय एकदम से पति का मुख घूम गया। मन में एक लगाव-भरी चाहत-सी चिहुँक उठी। लगा, वह कहीं अपने से छिटककर दूर आ पड़ी है। एकदम से किसी ने जैसे उसकी डोर खींच ली हो। ऐसे ही खिंची-बँधी-सी वह पति के घर लौट आयी।

□

दिन बीतने लगे। दिन रात्रि की कालिमा में घुलते रहे, रातें दिवस के उजाले में घुलती रहीं। बढ़ती-फलती कोख में शिशु का प्रथम आभास मिला — हौले से जब एक हलचल हुई। अन्तर से उठती पुलक ने नीलिमा को आत्मविस्तृत कर दिया। जब भी हलचल होती वह निश्चल हो उसका आभास लेती। किलकती-सी उमंग मन में हुमक उठती। समझ में न आता, इस अति पुरातन रीति में इतनी कौतूहल-पूर्ण नवीनता क्यों लग रही है। इतना गर्व-मिश्रित विस्मय क्यों? यह तो सदा से ही होता आया है।

सृजन की चीरती, भेदती पीड़ा उठी। फिर पाया, मुँदी पलकें, भिंचे होंठ, बँधी मुट्ठियाँ कसे एक लघु आकार मानव-रूप उसके शरीर से सटा पड़ा है।

वक्ष में कुछ हिलोर-सा लेने लगा। यही है क्या वह 'मैं' जो पकड़ाई में नहीं आ रहा था। यह तो साकार रूप में मेरे सम्मुख आ प्रस्तुत हुआ है। क्या मैं इसे ही खोजती फिर रही थी? यह स्थायी रूप क्या पति से क्षणिक घनिष्ठता का ही परिणाम है? या फिर वह आवेश-भरा क्षण भी पूर्ण था, जिसकी अभिव्यक्ति इस शिशु में हुई है। विवाद करती खिजाती प्रश्न पूछती मेधा विलुप्त हो गयी शेष रह गया केवल यही शिशु, उसका ही प्रतिरूप और हिलोरें लेता उसका अपना हृदय।

● ●

रसप्रिया

छननन... छननन... छत की इस मुँडेर पर से उस मुँडेर पर सफ़ेद कबूतरों का एक जोड़ा उड़ गया। उनके पाँव में बँधे नन्हें-नन्हें घुँघरू दिन-भर में सैकड़ों बार उनकी उड़ान की ताल पर रुनझुन-रुनझुन बज उठते, जैसे नीचे, हवेली के बारज़े में बैठी नयी-नवेली दुल्हन के पग की पैंजनियाँ। नयी दुल्हन की उनींदी आँखें दोपहर से ही साँझ की प्रतीक्षा में मुंद-मुंद जातीं। बारज़े में झरोखों की क़तार के सामने पत्थर का दीवान बना था, जिस पर मोटे गद्दे पर श्वेत चादर बिछी थी, और गाव-तकिये सजे थे। पास ही, गोटे-किनारी से सजी हाथ-पंखियाँ, खस की गोलपंखी, लाल निवाड़ियाँ गोटवाली, मोरपंख की हथपंखी भी पड़ी थीं। झरोखों में से हवेली का प्रवेश-द्वार, फिर चबूतरा, फिर बैठक साफ़ दिखलाई पड़ते थे। बारज़ा ऊपर की मंज़िल पर होने के कारण नीचे का लोहे का सदर दरवाज़ा, जो हवेली के अन्दर वाले सहन में खुलता था, पूरा नज़र नहीं आता था। हवेली की मालकिन, दुल्हन की सास, तड़के उठते ही मटकों दही बिलोया करतीं। उस समय उनका सुतवाँ शरीर, दायें से बायें और बायें से दायें, आधुनिक 'ट्विस्ट डांस' की तरह थिरकता रहता। हवेली की वही निर्बाध शासिका थीं। इस समय वह अलस दोपहरी में बारज़े में जा बैठी थीं। कभी बहू के छोटे-छोटे, कोमल हाथ-पाँव मुग्ध दृष्टि से सिहार लेतीं, कभी बाहर झाँक लेतीं।

"अरी बहू, आज तो वह चम्पा-फूल लगी गुलाबी साड़ी पहन ली होती, यह तो तू परसों भी पहने थी।" सास ने कहा।

दुल्हन ने मुख कुछ और झुका लिया। कान का झुमका आधे घूँघट में से छूटकर मचलने लगा। उसका शादाब झूमना भी सास ने देखा। उनके खुश्क मुख पर मानो झम्म से बादल बरस गया।

"देखूँ तो, यह वही झुमका है न, जो तेरे मामा भात में दे गये थे? अरी, कल वे आधे चाँद के जड़ाऊवाले भी पहन लियो, जो यहाँ से चढ़े थे, वही।"

इस कथन के साथ ही वह कोई सुनी-सुनायी तुकबन्दी गुनगुनाने लगी :

"कोठे पे एक गोरी ठाड़ी, पहन कान में बाले दो,
देखा गजब राम का मैंने एक चाँद पर हाले दो।"

'छननन्।' सिर पर से फिर कोई कबूतर निकल गया।

इस बार बहू ने दो सवालिया आँखें सास के चेहरे पर टिका दीं।

"अरी, एक रोज़ मैंने ही जी बहलाने को बीस कबूतरों को पकड़वाकर उनके पाँवों में घुँघरू बँधवा दिये थे, उनमें से कुछ तो मर-मरा गये, कुछ ये हैं। अच्छा लगता है न, छमछम करके उड़ते हैं जब ?"

बहू ने मुसकराकर 'हाँ' में गरदन हिला दी।

"अरी, बिरजू को खाने के बाद पान तू ही लगाकर दिया कर अपने हाथ से, भला यह भी कोई चाकरों पर छोड़नेवाला काम है !"

बहू का सन्दली रंग सुर्ख पड़ने लगा। उसने एक नजर चाँदी के गंगा-जमुनी पानदान पर यूँ डाली, जैसे वह पानदान नहीं स्वयं दूल्हे साहब हों। इतने में नाइन, तेल-कंघी ले बहू की चोटी गूँथने बैठ गयी। बहू घूँघट हटा, सिर घुटनों में दे, बैठ गयी।

"चूड़ियाँ SSS चढ़बा S लो SSS"

"अरी छमिया, इसे रोकियो तो।" सास ने पनिहारिन को आवाज़ लगायी। छमिया कुएँ के शीतल जल से भरे, पीतल के उजले, छोटे-बड़े चार कलशों की कुतुबमीनार को कहारिन का हाथ लगवा उतार रही थी। उसने पास ही बैठी कटारा चखती अपनी बेटी को ही इस काम पर हाँक दिया। बेटी सुथ्थन सँभालती चटपट भाग, चूड़ीवाले को बुला लायी। जानती थी, अब दुल्हन चूड़ियाँ बदलेगी, और बख्शीश में हवेली-भर की पनिहारिन, महाराजिन, नाइन और उनकी बेटियों के भी दर्जन-दर्जन चूड़ियाँ चढ़ जायेंगी।

"लो बीबी, देखो, मीने की क्या नफ़ीस चूड़ियाँ हैं, अनारकली ने भी क्या पहनी होंगी कभी।"

"अरे, फ़त्तन मियाँ, आज लुगाई को कहाँ छोड़ आये ?" गाँव का चूड़ीवाला हरदम अपनी बीवी को साथ लेकर ही फेरी लगाने निकलता था। ज़रा ज़नाने में पहुँच आसान हो जाती थी।

"उसके पाँव भारी हैं, हुज़ूर ! आज जी भारी था, नहीं आयी। लो देखो, क्या महीन. हवा-सी चूड़ियाँ हैं, लाओ हाथ।"

अब सासजी बहू की कलाई फ़त्तन मियाँ के हाथ में कैसे थमा दें ! अब तक यह काम, गाँव-भर में, उसकी बीवी ही किया करती थी। चूड़ियाँ ऐसी कसी-कसी पहनी जातीं कि गट्टा दबाकर बिना चटखे चूड़ी चढ़ जाये, यह हुनर चूड़ीवालों के पास ही था। सासजी ने झटपट तेल की शीशी उठा ली। तेल चुपड़कर गट्टा

नरम करके उन्होंने स्वयं बहू की पुरानी चूड़ियाँ उतारीं और नयी पहनायीं। बहू जानती थी, सास सोलह बरस में ही विधवा हो गयी थीं। जाने कितने बरसों का निराश चाव आज उमड़ा पड़ रहा था। चूड़ियाँ पहनवाने का कार्यक्रम किसी मैटिनी-शो से कम नहीं उतरा, पूरे तीन घण्टे चला किया। सासजी सबकी चूड़ियाँ स्वयं चुन-परख रही थीं। फ़त्तन मियाँ सबको 'असीस' की चार-चार चूड़ियाँ फ़ालतू पहना रहे थे, मुफ़्त ! और आख़ीर में दुल्हन की चूड़ी पहनाने की बख्शीश भी झाड़े ले रहे थे।

सोलह वर्ष की आयु में प्राप्त निःसन्तान वैधव्य को हवेली की मालकिन ने बहन की गोद से नन्हे बृजमोहन को माँगकर झेल लिया था। उनकी जवानी बच्चे की किल्लोल-भरी किलकारियों के बीच शिशु-सी खेलती-ठुमकती गुज़री थी। बिरजू के बहाने कभी मृगछौना पालतीं, कभी ख़रगोश। सफ़ेद कबूतरों का जोड़ा जो मँगवाया था, उसका पूरा कुनबा बन गया था।

अब अधेड़ वय में, नयी बहू के अभिसार में उन्हें अपना यौवन अँगड़ाई लेता प्रतीत हुआ। हवेली में चारों पहर रस बरसा करता।

हवेली की ऊपर की मंज़िल पर रसोई-भण्डार और ज़नाना कमरे थे, अर्थात् शयन-कक्ष।

नीचे मर्दानी बैठक और फ़ालतू कमरे, जो केवल शादी-ब्याह में ही खोले जाते। प्रातः ही नहा-धो, नाश्ता कर बृजमोहन नीचे पहुँच जाते। ज़मीन-जायदाद के पचड़े, मुंशीजी के खाते, आये-गये से गुफ़्तगू करने में एक बज जाता। तब ही दिन का खाना खाने वह ऊपर आते। इतने में सास-बहू मन्तिर हो आतीं और गृहस्थी की खटर-पटर, गाँव-भर में दही-बिलोया मट्ठा बँटवाने आदि में व्यस्त रहतीं।

भोजन के लिए चौके में ही पटरा-चौकी लग जाता। बृजमोहन खाते रहते, माँ पंखा झलती रहतीं, ज़मीन-जायदाद की खोज-ख़बर लेती रहतीं। इस समय दुल्हन दरवाज़े की ओट में ही रहती। भोजन के पश्चात् ही बृजमोहन पान-सुपारी के बहाने दुल्हन तक पहुँच पाता। उस रोज़ सास ने पनडब्बा बहू के कमरे में भिजवा दिया था, नहीं तो पान भी सास के बारज़े से ही नौकरानी द्वारा आ जाते। पाँच-दस मिनट के इस मिलन के पश्चात् बृजमोहन को आराम फ़रमाने फिर नीचे ही जाना पड़ता। दोपहर से ही रंगमहल में डूबे रहना हवेली की मर्यादा को सहन नहीं था। दोपहर को कुछ देर बहू सास के पास बैठ मोती, पोत टाँक-टाँककर मख़मल और किमख़्वाब के बटुए बनाती। छत की पूरी चौड़ाई में लगे भारी-भरकम खस के पंखे की डोर थामे पनिहारिन का लड़का उसे डुलाता रहता। सास की आँख लग जाने पर ही बहू उठकर अपने शयन-कक्ष में जाती।

साँझ पड़ते ही, नीचे दालान में, नौकर लालटेनों को चमका, तेल-बत्ती दे,

जलाने में व्यस्त हो जाता। छज्जे पर खड़ी बहू को वह दृश्य बड़ा कौतूहलपूर्ण लगता। अँधेरे के बढ़ते क़दम और अँधियारे को लीलने के प्रयत्न में लालटेनों की लप-लप करती लौ। फिर कमरों के आलों, छज्जे के कोनों और ज़ीने के मोड़ों पर एक-एक लालटेन पहुँच जाती। हवेली का वातावरण अँधेरे-उजाले की आँख-मिचौनी में रहस्यमय बना रहता। कोई भी स्थान ऐसा न होता, जो पूर्णतया उजाले में नहाया न हो। दिन-भर ऊँची आवाज़ में बोलनेवालों की आवाज़ वातावरण के अनुकूल ही नर्म पड़ जाती। शाम के सात बजे तक भोजन निबट जाता। कोठे की अलग-अलग छतों पर दूधिया बिस्तर लग जाते। बृजमोहन रात्रि-भोजन के पश्चात् सीधा छत पर आ जाते। खुली छत पर ठण्डी बयार उन्हें दुल्हन के लिए और भी अकुला जाती। वह जानते थे, दुल्हन माँ के यह कहने पर कि 'ले बहू, उसके लिए दूध ले जा' ही उठेगी। माँ के हाथ का औटाया, कढ़ाया, झागदार, सोंधा दूध लेकर बड़े सब्र से सीढ़ियाँ चढ़ेगी, कोई यह न कह दे कि पति के पास जाने को बहू कितनी अधीर है। छत पर कुछ देर लालटेन की लौ में बृजमोहन और दुल्हन में चौपड़ या शतरंज हो जाती। उस छत पर सुहाग मचा है, और बराबर की छत पर सास का अकेला बिछौना। पास ही चटाई पर पड़ी नौकरानी की बातों से उचटकर रस-प्रिया सास का मन फिर से सोलह बरस का हो जाता और तकिये पर धरी हथेली पर पति का बीस बरस का सलोना चेहरा एक बार फिर जी उठता। उनके ढलके कपोलों पर बीस बरस का तरुण चेहरा झुक जाता। गौने के बाद का एक बरस लम्बा मधुमास, सुहाग की गिनी-चुनी रातें सदा के लिए उस बीस-वर्षीय मुख को उनके चित्त पर अंकित कर गयीं। क्या वह चेहरा कभी बूढ़ा नहीं होगा ? शायद कभी नहीं, क्योंकि कल्पना कभी समय-सी निष्ठुर नहीं हो पाती।

अगले दिन बहू को घर का आमों का बाग़ दिखलाने का आयोजन हुआ। बाग़ हवेली से मील-भर दूर था। पास-पड़ोस की औरतों को भी न्योता गया। गाँव की औरतें वज़नदार ज़री की साड़ियों, ज़ेवरों में तुली पहुँचने लगीं। आखिर हवेली से न्योता आया था, और नयी दुल्हन का साथ था। बहू को बीस सेर वज़न का, ज़री का जालदार लहँगा, कुर्ती-ओढ़ना पहनाया गया। माथे पर सिंगार-पट्टी, गले में पँचलड़ा हार, कुन्दन के बाज़ूबन्द। नथनी इतनी बड़ी कि उसके वृत्त में से ही बहू पानी पी ले। और फिर उस सब श्रृंगार को गज़-भर के घूँघट से ढाँप-ढूँप उसे बग्घी में बिला गया। घर की बग्घी जुतने के बाद घर का ताँगा जुता, फिर बैलगाड़ियों की नौबत भी आ गई। मालियों को पहले ही ख़बर कर दी गयी थी। उन्होंने चुने हुए, डाल से टपके, रसीले आमों की बाल्टियाँ बाग़ के कुएँ में उतार दीं, जिससे मालिक लोगों को आने पर ठण्डे आम मिलें।

औरतों ने खूब आम चूसे, गीत गाये, झूला झूला। कोयल की कूक और आम की छाँव में दिन बिताकर सब औरतें घर लौटीं।

"अरी छमिया, नीचे बगिया में से ताज़ी मेहँदी तो तोड़ ला। देख, बहू की हथेलियाँ कैसी फीकी-फीकी-सी हो रही हैं। महाराजिन! ज़रा तुम ही बखत से घोल-पीस लिया करो मेहँदी!" बहू की हथेलियों से पहली मेहँदी का रंग अभी पूरा उतरा नहीं कि सासजी उसपर ताज़ा परत रचा देतीं। बरसों बहू की हथेलियों की भाग्यरेखाएँ मेहँदी की लाली में ही रची-बसी रहीं और कितनी ही दोपहरियाँ मेहँदी पीसने-रचाने-सुखाने में बीत गयीं।

□

बहू के बच्चा हुआ। सास ने चढ़ते गर्भ के हर मास का जायज़ा लिया। समय आने पर उसके दर्द की हर लहर को जैसे अपने ही तन पर झेला। पोते को गोद में डाल जब वह गाँव-भर की औरतों को 'बहू के झूठा दरद कब उठ्ठा और असली कब और पहले कित्ते फ़ासले पर उठ्ठा और बाद में कित्ती-कित्ती देर बाद। कैसे पीठ से उठकर यूँ आगे को आया' का बखान करके बतातीं, तो लगता वह अपनी ही ज़चगी की बात कर रही हैं, वह ज़चगी जो एक दिवास्वप्न बनकर रह गयी थी।

फिर दोनों स्त्रियों में यही एकमात्र ज़चगी साझे का अनुभव बनकर रह गयी। बहू की कोख दोबारा हरी हुई ही नहीं। उसी एक बेटे को लेकर अगले बाईस वर्ष तक हवेली में छठी, नामकरण, कर्णछेदन, वर्षगाँठ और दुनिया-भर का कोहराम मचता रहा। जब सब छुटके-मुटके कोहरामों से दादी माँ का जी भर गया, तब उन्होंने एक बड़ी धूमधाम का आयोजन किया।

पोता गिरीश बाईस वर्ष की आयु में नौशा बना और दादी माँ को एक और नयी-हवेली दुल्हन सजाने को, गुड़िया खेलने को मिल गयी। गिरीश की माँ तो अबतक अपने शरीर को निढाल अधढँपा छोड़, श्रृंगार से विमुख हो चुकी थीं। उसे मुसी साड़ी में लपड़-धपड़ करते देख दादी माँ कुढ़ जाया करतीं।

"बहू, कभी तो सलीक़े से पहन-ओढ़ लिया कर।" वह टोकतीं।

"अब माँजी, गिरीश की बहू आ जाने दो। उसके चाव कर लेना, मैं अब अचार-मुरब्बे सहेजूँ कि सिंगार करने बैठूँ।"

और अब गिरीश की बहू भी आ गयी। यादों में धुँधला पड़ता कमसिन पति का चेहरा एक बार फिर माँजी की धुँधली पड़ती आँखों में जुगनू-से चमका गया।

गिरीश की बहू बड़े से जूड़े में गुलाब खोंसकर, लिपस्टिक लगाकर जब माँजी के पास आकर बैठती, तो उसके विदेशी इत्र की सुगन्ध से उनका मन महक उठता। पर जब वह उसकी साज-सज्जा का एक-एक कण अपनी आँखों से न देख पातीं, तो झुँझला उठतीं।

"अरी बहू, कोई मेरी आँख तो ठीक करवाओ, बिलकुल ही अन्धी कर दोगे

क्या ?"

बृजमोहन एक बार फिर से डॉक्टर को दिखला लाता।

"बुढ़ापा है। और इससे बेहतर क्या दीखेगा ?" डॉक्टर के शब्द सुन माँजी अविश्वास से उसकी ओर देखती रह जातीं। बहू के प्रसाधन फिर वह छू-छू कर देखतीं, टोह लेतीं। पास बैठने पर गिरीश की बहू को बीते दिनों में से याद कर कोई मज़ेदार क़िस्सा सुनातीं, जिससे बहू को उनके पास बैठना अच्छा लगे। जो चुहल बृजमोहन की पत्नी से कभी नहीं की थी, वह गिरीश की बहू से कर लेतीं। इशारों में रातवाली बात भी पूछ लेतीं। फिर उन्हें रसभीने गीत की कोई पंक्ति याद आ जाती और वह गुनगुनाने लगतीं :

"भुखिया लगे न, पियसिया लगे,
तोहे देख मोहे, मोहिया लगे।"

किन्तु बीच ही में साँस उखड़ जाती और वह हँस पड़तीं। गिरीश की पत्नी भी अपनी रसप्रिया ददिया सास के मज़ाक़ पर खिलखिलाकर हँस पड़ती। माँजी को उसका ज़ोर से हँसना भी बुरा न लगता। गिरीश की माँ ही कभी-कभी शिकायत कर देती तो माँजी उसे भी घुड़क देतीं :

"अरी जा ! नयी पीढ़ी है, खुलकर हँस दी तो क्या हुआ, और बहू, तेरा बखत तो अब गया।" पर स्वयं माँजी का 'बखत' हर नयी दुल्हन के साथ फिर-फिर लौट आता। सोलह बरस की आयु में जो वक़्त का टुकड़ा बचकर रह गया था, वह फिर-फिर जी उठने को मचलता।

"देखूँ तो बहू, तेरे यह कंगन तो एकदम नयी ढाल के हैं।"

"माँजी, मुझे कभी 'आशा' कहके नहीं पुकारोगी क्या ? हरदम फ़लाने की बहू ही कहोगी क्या ?" गिरीश की पत्नी प्यार से आग्रह करती।

"तूने सुना है बहू, कभी किसी ने तेरी सास को उसके नाम से पुकारा है ? अरी, तुझे तो पता भी न होगा, उसका नाम सुगन्धि है, सुगन्धि। अब है तो तू गिरीश की बहू ही, फिर आसा-आसा क्या लगा रखी है !"

"माँजी, आपका नाम क्या है ?"

"हैं !" माँजी ने जैसे याददाश्त पर ज़ोर लगाकर कहा "लाडो।"

"क्यूँ ? तू क्या मुझे अब लाडो कहके पुकारेगी ?"

"नहीं तो।" गिरीश की बहू फिर ज़ोर से हँस पड़ी।

धीरे-धीरे हवेली में बहुत-सी तब्दीलियाँ आ गयीं। इस तब्दीली में सरकार का भी बहुत बड़ा हाथ था। निरन्तर ग्राम-विकास और ग्राम-सुधार के प्रयत्नों ने गाँव में बिजली दे दी। हवेली में पंखे-कूलर, नल की टोंटियाँ, रेडियो-फ्रिज सभी कुछ आ गया। आशा अब दोपहरी में पंखे के नीचे लेटकर पत्रिकाएँ पढ़ती या गाने सुनती। पनिहारिनों की टोली छुड़ा दी गयी। लालटेनोंवाला नौकर भी छुड़ा

दिया गया। हवेली की चहल-पहल कुछ कम-सी हो गयी। आशा ने रसोई के बराबर में डाइनिंग-रूम निकलवा दिया। उसकी ज़िद पर ताँगा-बग्घी बरखास्त, साईस-गाड़ीवान बरखास्त। घर में मोटर आ गयी, जिसे गिरीश चलाता। चौथी पीढ़ी दो बेटों को लायी। दूसरे पोते का मुख देखकर बृजमोहन स्वर्ग सिधार गये। माँजी बिरजू की बहू के साथ मानो एक बार फिर से विधवा हो गयीं। हवेली की बागडोर गिरीश और उसकी पत्नी के हाथ में आ गयी। चौथी पीढ़ी सात बरस की होते ही शहर में बोर्डिंग हाउस में पढ़ने चली गयी। गिरीश ने आमों का बाग़ बेच रुपया शहर में मोटर पार्ट्स के कारखाने में लगा दिया।

गिरीश की पत्नी ने दादी माँ के कमरे में भी एक टेबुल-फ़ेन और एक रेडियो भेज दिया। पर वह बन्द ही पड़े रहते। दादी-माँ उन्हें तब ही चलातीं, जब गिरीश की बहू उनके पास आकर बैठती।

ज़िन्दगी के बदलाव यहीं ख़त्म नहीं हुए। एक रोज़ मालूम पड़ा कि गिरीश ने शहर में एक बना-बनाया मकान ख़रीद लिया है। हवेली से काम का सामान वहाँ ले जाया जा रहा है। गिरीश और आशा ने दादी और माँ से भी वहीं चलकर रहने का आग्रह किया। सुनकर दोनों ही स्त्रियाँ स्तब्ध रह गयीं, जैसे सीने में टूटे हुए काँच की नोकदार किरच दूर तक धँस गयी हो।

दादी माँ और इस हवेली से बाहर, इस बारजे से अलग, पुरानी सुधियों से कटकर, एकदम से अजाने मकान में !

"सब-कुछ तो यहाँ है बेटे, वहाँ क्या है ?" वह पूछ बैठीं।

" 'सब-कुछ' यहाँ से ले जाया जा सकता है माँजी। वहाँ शहर है, फ़ैक्टरी है, कारोबार और आमदनी है, और क्या चाहिए ?"

दादी माँ को विश्वास नहीं आया कि 'सब-कुछ' यहाँ से ले जाया जा सकता है, न ही वह इसका उत्तर दे सकीं कि उन्हें आख़िर 'और क्या चाहिए'। बोलीं, "तब तुम ही जाओ, मैं यहाँ ही ठीक हूँ।"

माँ ने भी जाने से इनकार कर दिया। दादी माँ की सेवा-टहल उनकी दिनचर्या का अंग बन चुकी थी। माँजी अब अधिकतर बिस्तर पर ही बैठी या लेटी रहतीं। हवेली भाँय-भाँय कर उठी। उसमें अब रोज़-रोज़ बुढ़ातीं यही दो स्त्रियाँ रह गयी थीं। शहर से ख़बर भी आती और गिरीश और आशा आकर मिल भी जाते। दादी माँ का जीवन बिना शौक़, बिना नाज़ के बीतने लगा।

□□□

दादी माँ अब बस सुबह का चिराग़ थीं, पर मौत को दुत्कार रही थीं।

"अभी नहीं रे ! अभी तो गिरीश के बेटों का ब्याह देखना है। बहू को अपने हाथों, गले में बीस तोले का वह तोड़ा पहनाऊँगी कि गरदन झुक-झुक पड़ेगी।"

तभी आशा उन्हें देखने पहुँच गयी।

"बोल री! कब करेगी बड़े का ब्याह? ऊँट तो हो गया।"

"माँजी, वही खबर तो देने आयी हूँ।"

"अरी, क्या?"

"माँजी, राकेश ने खुद शादी कर ली है।"

"हैं? कब आया अमेरिका से?"

"आया नहीं…वहीं कर ली।"

"किससे?"

"एक अमेरिकन से।" न चाहते हुए भी आशा के स्वर में सास का निराश चाव कड़वाहट घोल गया।

"अरी, कैसी होती हैं ये अमेरिकन लड़कियाँ?" दादी माँ दुल्हन के रूप की कल्पना के लिए तड़प उठीं।

"अरी बोल ना।"

"क्या बोलूँ माँजी?"

"यही कि उसके हाथ-पाँव कैसे हैं?"

"माँजी, वहाँ की लड़कियों के गट्टे भारी होते हैं। हार-सी चूड़ियाँ ही आयेंगी।"

"बाल कितने लम्बे हैं?"

"बाल तो माँजी कटे हुए होंगे ही।" गिरीश की बहू हँस दी।

"और काले-चमकीले तो हैं?"

"नहीं, भूरे हैं।"

"धत्! फूल-झाड़ू-जैसे!"

"आँखें कजरारी, बड़ी हैं?"

"राकेश ने लिखा था, नीली हैं।"

"जैसे कंचे की गोलियाँ।" दादी माँ ने यही कल्पना की।

"छोटी-छोटी, बटुआ-सी लगती होंगी।" दादी माँ की निराधार आशा फिर जागी।

"अपने राकेश से तीन इंच लम्बी है माँजी। उसने फ़ोटो भेजा था।" आशा हँस दी।

माँजी मरते दम, लाख प्रयत्न करने पर भी राकेश की पत्नी के रूप की कल्पना न बना सकीं। न जाने क्या ऊटपटाँग बता रही है गिरीश की बहू। कहीं ऐसी भी दुल्हन होती है! कहीं ऐसा भी श्रृंगार होता है! उन्हें लगा, हवेली से रूप, यौवन, श्रृंगार सदा के लिए विदा हो चुका है और वह बहुत-बहुत बूढ़ी हो गयी हैं। पल-भर को वही बीस-वर्षीय, तरुण पति-मुख उनके निनानवे पतझर-देखे चेहरे पर झुक आया, और उन्होंने दम तोड़ दिया। • •

नालायक़ बहू

कामिनी ने आलमारी के पट खोले। सामने के हैंगरों पर झिलमिल साड़ियाँ टँगी थीं। अनेक रंगों की छटा एक-दूसरे से होड़ लगा रही थी।

आज छुट्टी का दिन है। सुजाता जीजी आयेंगी। मन बुझा-बुझा होते हुए भी कामिनी ने एक उन्नाबी रंग की सिल्क की साड़ी निकाल ली। वैसे भी, बहुत देर तक उससे किसी भी चीज़ का शोक नहीं मनाया जाता। कामिनी की मनोरचना ही कुछ ऐसी थी। बिखरे रहने पर तो वह और भी टूटा-हारा महसूस करती। मन पर न जाने कहाँ से झुण्ड-के-झुण्ड निराशा-भाव आकर मँडराने लगते और चीलों की तरह आशा को झपट ले जाते। शायद यही उसके व्यक्तित्व का निकास था जो विनाश के पूर्व ही सन्तप्त जोश को बाहर निकाल फेंकता था।

घर का काम भी तमाम दिन फैलाये रखने को मन नहीं होता। यही मन होता कि रुटीन बिना झंझट और हाय-हाय के समाप्त हो जाये और फिर कुछ मन का-सा करने को समय बच रहे।

परन्तु घर का काम सुलटते ही अम्मा का जी घबराने लगता। वह खोज-खाजकर कोई झंझट निकाल ही लातीं। कल तो अम्मा न जाने कब के दबे-दफ़नाये छोटे बच्चे का रजाई-गद्दा, तीन-चार छोटे तकियों सहित निकाल लायीं, बोलीं, "ले बहू, इसे उधेड़कर रुई निकाल ले, रुई धुनवा लेंगे, खोल को धोकर थैला सी लेंगे, धुनी हुई रुई में और नयी रुई डालकर ..."

कामिनी ने बीच ही में टोक दिया, "लेकिन अम्मा, थैले तो बहुत-से पड़े हैं, आजकल पिसा-पिसाया आटा जो मँगाया, सो जिन थैलियों में वह बन्द होकर आया है, वही थैलों का काम दे जायेंगी।"

"अरी, वो तो मैंने उधेड़कर, किनारे जोड़-जाड़कर अपना पेटीकोट सीं लिया था। ले, अब शुरू भी कर।"

"अम्मा, बना-बनाया रज़ाई-गद्दा है। इन्हें ऐसा ही जमादारिन के नवजात बच्चे को जो दे डालें, बेचारे का जाड़ा कट जायेगा।"

"अरी, नहीं ऽ। उसका जाड़ा तो बोरी-गुदड़ी में भी निकल जायेगा, और अभी जाड़ा आने में बहुत देर है।"

और, अम्मा ने टाँके तोड़ने शुरू कर दिये। टाँके तोड़ते-तोड़ते पुराना घिसा कपड़ा कई जगह से चिर गया। उस चिरे-घिसे कपड़े की बनी थैली में नौकर को साग-सब्ज़ी भरकर लाने की कल्पना से सिहरकर अम्मा फिर अपनी एक चौड़े किनारे की पुरानी धोती उठा लायीं। शाम तक पुरानी रज़ाई के घिसे-पिटे खोल पर साड़ी के मज़बूत किनारे की अनेक पट्टियाँ सिल चुकी थीं। दो रंगीन नये थैले, अम्मा के इस एपलीक-वर्क-से सजे रसोई में कीलों पर झूल रहे थे। रुई में दम नहीं था, धुनिये ने मुँह बिचकाकर कह दिया, "इसका अब क्या धुनूँ? इसमें अब बचा ही क्या है?"

तब अम्मा ने भी दरिया-दिल हो रुई जमादारिन को थमा दी थी।

"ले! ये तू बच्चे की गुदड़ी में भर लीजो।"

तैयार होकर कामिनी कमरे से बाहर निकल आयी। घर साफ़-सुथरा, शान्तिपूर्ण था। सब-कुछ यथास्थान सुव्यस्थित देखकर मन परितोष से भर उठा। सब-कुछ तो नियन्त्रित है, जीवन की लगाम तो हाथ में थमी है। समय जैसे विश्राम कर रहा हो।

सड़क पर दौड़ती कारों की घूँ-घूँ जैसे वक्त की उठती-गिरती साँस हो। बस, वही एक आवाज़ थी। 'मिल्योनरेस' दोबारा पढ़ने में भी मजा आ रहा था। पढ़ते-पढ़ते कामिनी हलकी होती गयी थी और उसके संसार की सीमा-रेखाएँ, फैलते-फैलते घर की दहलीज़ को लाँघ, देश की सीमा भी पार कर गयी थीं। तभी चौके से लाल मिर्च की सिसकारी उठी। अम्मा को धसका लग गया। कामिनी भी खों-खों कर उठी। शेखर घर में घुसा ही था। रसोई से उठती सुगन्ध ने पति के मुख पर एक चिकनी तरावट ला दी। वह सीधे चौके में ही घुस गया।

"क्या बना है आज?" शेखर ललककर पूछने लगा। कामिनी पुस्तक बन्द कर खाना परोसने चल दी। बाहर मोटर का हॉर्न बज उठा और कुछ ही देर बाद कामिनी की ननद सुजाता, अपने दोनों बच्चों को लिये पहुँच गयी। ननदजी ठाठदार लग रही थीं। चेहरे से रोब टपक रहा था। बदन पर सुख-सुविधा की चिकनाई थी। चाल में 'सुरक्षिता' का विश्वास। उम्र में वह दोनों भाइयों से बड़ी थीं। आवाज़ सुनकर अम्मा भागी आयीं।

"आ गयीं, बेटी, आओ बैठो। अरे कामिनी! खाना लगा दे, बच्चे भूखे होंगे।"

फिर अम्मा और ननदजी फुसफुसाकर बतियाने लगीं, जैसे किसी रहस्य पर से हौले-हौले परदा खिसका रही हों। खाने के साथ-साथ गपशप भी होने लगी थी। कामिनी को सुखी लोगों से मिलना बहुत भला लगता। सदा झींकते, क़िस्मत को कोसते, रिरियाते लोगों से उसे बहुत ऊब होती। ननदजी खूब खुशहाल थीं, उनका आना कामिनी को सदा अच्छा लगता।

इतने में सुजाता ने न जाने कौन-सी बात में से बात निकालकर, कामिनी के मुख की ओर आड़े-तिरछे देखते-देखते बोलना शुरू किया—

"भई, मैं तो भारतीय नारी हूँ। पतिव्रत धर्म में पति के प्रति आदर-भावना को भी शामिल समझती हूँ। कभी उनको उपदेश या शिक्षा देना तो दूर की बात, इनकी किसी इच्छा की उपेक्षा तक कभी नहीं की। बस, जैसे इन्होंने रखा वैसे ही रह लिये।"

कामिनी ने अपने को आत्मालाप करते पाया, "यह तो ऐसे हुआ जैसे कोई सम्राज्ञी कहे, "भई, मैं तो बहुत सीधे-सादे जीवन में विश्वास करती हूँ। बस, जो खाने को मिला वही खा लेती हूँ और जो पहनने को मिला, वही पहन लेती हूँ।"

सुजाता के पति मेहनतकश सज्जन पुरुष थे, और ऊँचे रुतबे को पहुँचे हुए थे। दफ़्तर, बाहर, हर स्थान पर वह माननीय थे। मिष्टभाषी और हर व्यक्ति को यथोचित मान देने वाले। घर में नौकर-चाकर, सवारी, सुखशान्ति सभी कुछ था। कितना सहज हो गया होगा सुजाता जीजी के लिए उस पति का सम्मान करना, जिसे समस्त समाज ही पूज रहा हो। क्या केवल एक पत्नी ही इतनी नीच हो सकती है कि एक आदरणीय पति को मान का पात्र न माने? कामिनी इन्हीं विचारों की जुगाली कर रही थी, जब अम्मा का स्वर सुनाई पड़ा।

"बहू उठ तो, वह आमों का पार्सल भेजा था छोटे ने, उनमें से कुछ आम तो चुन ला।"

कामिनी उठकर पाँच-छह रसीले आम चुन लायी। दूसरे हाथ में लिफ़ाफ़े में पाँच आम और थे, पूछा, "अम्मा, ये आम कहारी को दे दूँ?"

"दिखा तो।"

कहारीवाले आम देखकर तो अम्मा भौचक्की रह गयीं।

"हैं! यह आम कहारी के लिए हैं? पेटी में सड़े-गले भी तो होंगे, वही दे निकाल के। ला, कुछ आम और चुन ला, सुजाता जिये जायेगी।" कहारी को फिर पाँच पिलपिले, लिजलिजे आम थमा दिये गये।

"अम्मा, सड़े-गले आम खिलाकर उसे बीमार करने से तो एक ही स्वच्छ..."

अम्मा एकदम से तुनक उठीं, "बस-बस! बहू, ज्यादा दिलेर मत बनो। आदमी की कमाई धेला-ठीकरा भी नहीं और रानी जी चली हैं दोनों हाथों

लुटाने ! कोई मुफ़्त तो मिले नहीं होंगे। मोल ही लेकर भेजे होंगे छोटे की बहू ने—और वो तो बेचारी कुछ-न-कुछ भेजती ही रहे। पिछले महीने साड़ी भी तो भेजी थी मेरे लिए, और उससे पहले स्वेटर नहीं भेजा था ?''

लो ! कहाँ की बात कहाँ उड़ा ले गयीं अम्मा। छोटे की बहू—तरला ! कामिनी की देवरानी। कामिनी को कभी उससे ईर्ष्या नहीं हुई, स्वभाव भी अच्छा ही था तरला का। कुछ स्वभाव अच्छा, कुछ कमाऊ सपूत की पत्नी होने के नाते दर्पण पर पड़े अक्स के रूप में ढेर-सा यश तरला पर बरस जाता। जब-तब अम्मा तराज़ू लेकर दोनों बेटों को बहुओं-समेत तोलने बैठ जातीं, तब कामिनी को लगता, तरला का पलड़ा लियाक़त के भार से, धम्म से जाकर धरती पर बैठ गया है और उसका पलड़ा अम्मा की हथेली के आस-पास हवा में ही झूलता रह गया है।

पिछले हफ़्ते शेखर की तीसरी नौकरी भी छूट गयी थी। माह का अन्त होते ही छोकरे को भी छुट्टी देनी पड़ेगी। अम्मा ही बैंक से रुपया निकालकर जैसे-तैसे खर्चा उठायेंगी। अम्मा पर बोझ बनते सोचकर बड़ी लज्जा मालूम हुई।

□

शेखर उखड़ा-उखड़ा, निरुद्देश्य, इधर से उधर ख़ाक छानता फिरता। अख़बारों को उलट-पलटकर इश्तहारों के जवाब देता रहता। अधिकांश विज्ञापन निरर्थक निकलते। पिछले द्वार से सिफ़ारिशवाले को कुरसी सौंप दी जाती और अगले द्वार के सम्मुख उम्मीदवारों की क़तार-की-क़तार रिजेक्ट हो जाती। अम्मा हर किसी से शेखर की नौकरी की बात उठातीं।

दीवाली के दिन सुजाता के घर दोपहर का खाना था। आज त्योहार का शुभ दिन है, सब-कुछ भुलाकर कामिनी ने सजने की ठानी। पिछली रात के रोने-धोने के कारण पलकें अब भी सूजी हुई थीं। उस पर परदा डालने के लिए पेंसिल से गहरी-काली लकीर पलकों पर खींची गयी। पब्लिक में वह अपने टीसते ज़ख़्मों को जिस सफ़ाई से छुपा जाती, एकान्त में उन्हीं ज़ख़्मों को खरोंच इस पुरजोशी से रोती कि उसका मन संयम के सभी बाँध तोड़कर उमगती नदी-सा बह निकलता। कल रात भी ऐसी ही बाढ़ आयी थी और आख़िर कामिनी उसमें गोते लगा, हलकी हो, सो गयी थी। सवेरे लगा, उसका मन बिलकुल निर्मल हो आया है। शृंगार से विगत रात्रि के व्यथा-चिह्न मिटते-मिटाते कामिनी स्वस्थ और शान्त हो गयी थी। शृंगार समाप्त होते-होते एक नये विश्वस्त व्यक्तित्व का उदय हो आया था और जब कामिनी कमरे से बाहर निकली, वह प्रसन्न मुद्रा में थी।

"चलो अम्मा ! यह तो तिवारीजी के घर से सीधे ही वहाँ पहुँच जायेंगे।''

अम्मा एकटक उसे देखती रह गयीं, केवल सिर हिलाकर अनुमति दे दी।

ननद भी चौंक गयी थी, "अरे! शेखर को क्या नौकरी मिल गयी? तुम तो लक़-दक़ हो, एकदम।"

कामिनी का मन टप से बुझ गया। बोली, "जीजी, आज त्योहार के दिन गृह-लक्ष्मी ही यदि मनहूस सूरत बनाये फिरे तो फिर जीवन में शुभ हो ही क्या सकता है? और फिर नौकरी छूटी है, जीवन तो शेष ही है।"

"भई, शाबाश है तुम्हें, हम होते तो अबतक पागल हो गये होते।"

अम्मा के दबे होंठ भी जैसे बेटी का कथन दोहरा रहे थे।

कामिनी ने मन में बुझती लौ अन्य आमन्त्रित अतिथियों में खोकर फिर से उकसा ली। महफ़िल रंग पर थी। उच्च वर्ग की सोशलाइट महिलाएँ, जिनकी चिमड़ाई त्वचा 'ब्यूटी क्लीनिक' में घिस-रगड़कर चमकायी गयी थी। असली भौंहें मूँड़कर पेंसिल से ऊँची, धनुषाकार कृत्रिम भौंहें बनायी गयी थीं, जो नीचे दाग़ छोड़ गयी थीं। बालों को इस क़दर 'लैकर' छिड़ककर जमाया गया था कि केशों का रेशम बटी हुई रस्सी-सा जकड़ गया था। लगता, उन केशों की कँटीली बाढ़ से उलझकर हथेलियाँ छिल सकती हैं। 'पैडेड ब्रा' और बुकरम-लगी चोली ने खींच-खाँचकर वक्ष के उभार के ऐसे उठंग त्रिकोण बना दिए थे कि लगता, वहाँ स्त्री की कोमल गोलाइयाँ नहीं, किसी प्रस्तर प्रतिमा के निष्प्राण उरोज हैं। उन स्त्रियों के मुख पर शृंगार ब्लेड की धार-सा पैना लग रहा था। नफ़ीस लगने की उमंग में वह इतनी अप्राप्य लग रही थीं कि कैसे उनके पति कभी भी प्यार के बहाव में बहकर उन तक पहुँच पाते होंगे, पता नहीं। वह शृंगार कोमल लता पर झूमते पुष्पगुच्छ के समान नहीं, किसी खेत की सीमा पर खड़े कैक्टस की क़तार-जैसा था—कँटीला और दूर रहने पर मजबूर करनेवाला। कुछ की आँखों के नीचे काली झाइयाँ थीं, जो शायद देर रात गये सोशलाइज़िग का नतीजा था। कुछ सफल पुरुष भी थे, ऊँचे पदों पर नियुक्त। सफलता उनके हाथों में थमे मदिरा-पात्रों में छलकते नशे से भी अधिक गहरी हो, उनके व्यक्तित्व पर छायी थी।

"आपके पति क्या काम करते हैं?"

"जी, वो एक फ़र्म में हैं" झूठ बोलते हुए कामिनी को लगा, वह मक्खी निगल गयी है। फ़र्म का नाम सुनकर मिसेज़ वर्मा की बाँछे खिल ही रही थीं, जब कामिनी ने शेखर के विगत, साधारण पद की ख़बर सुना दी। मिसेज़ वर्मा की फैलती बत्तीसी सिकुड़ने लगी। वह बराबर के लोगों की खोज में शीघ्रता से आगे बढ़ गयी। कामिनी एक दूसरी महिला को देखने लगी, जिसके भारी होंठ सुर्ख़-वैट लुक की लिपस्टिक से ऐसे सने थे, जैसे वह अभी-अभी ताज़ा शिकार खाकर आयी हो—बाघिन की तरह।

सुजाता जीजी मिसेज़ गार्गी से मिलवा रही थीं। मिसेज़ गार्गी खरगोश-जैसी

मासूमियत और घबराहट लिये हुए थीं। गोरा-गोरा निर्दोष रंग, बड़ी-बड़ी क्षमा-याचना-सी करती आँखें। परिचय के समय वह हँसी थीं, ऐसे, जैसे किसी टीसते ज़ख़्म पर से अचानक किसी ने पट्टी हटा दी हो और वह फटा हुआ ज़ख़्म अनावृत रह गया हो। उनसे मिलकर कामिनी को न जाने क्यों एक दुखन-सी हुई। मिसेज़ गार्गी निस्सहाय-सी 'पाइनैपल जूस' की ट्रे की ओर बढ़ चुकी थीं, तभी सुजाता जीजी ने फुसफुसाकर कामिनी के कान में कहा—"बेचारी ! मिस्टर गार्गी तो तमाम दिन मिसेज़ वर्मा की चौखट पर पड़े रहते हैं, सारा शहर जानता है।"

तभी शेखर भी आ गया। वह दर्शक बना कोने में खड़ा था। कामिनी ने पति को कुम्हलाया-सा अलग-थलग खड़े पाया। उसका मन ममता और करुणा से भर आया।

"शेखर ! तुम्हें आने में देर हुई। मैं तो कब से तुम्हारी राह देख रही थी।"

"हूँ। वह जो सामने सफ़ेद बालोंवाले सज्जन हैं न, वह एक नामी वकील हैं।"

"तुम उन्हें जानते हो ?"

"हाँ। एक बार सुजाता जीजी ने मिलवाया था।"

"तो उनसे मिल आओ न।"

"नहीं-नहीं।" शेखर के स्वर में ऊँचे रुतबे के लिए दहशत थी।

"और कामिनी, वो जो नींबू के रंग की शर्ट पहने हैं न, वह दिल्ली अस्पताल के हार्ट स्पैशलिस्ट हैं।"

"अच्छा !"

"और, वह जो हरे सिल्क की 'फ़्लोरल-ब्रॉड-टाई' लगाये हैं वह चीफ़ इंजीनियर मेहता हैं।" शेखर की कमेण्ट्री जारी थी।

"वो तो, शेखर, तुम्हें ही देखकर मुस्करा रहे हैं— मिल लो न जाकर।"

"नहीं-नहीं, पीछे किसी को देख रहे होंगे।" झिझक-भरी हँसी हँसते हुए शेखर बोला।

"शेखर ! ये लोग तुम्हारी-हमारी ही तरह मामूली हैं, तुम क्यों इतना झेंपते हो ..."

"अच्छा, चलो। अब घर चलें।" शेखर एकदम से अनमना हो उठा।

वे लोग तत्काल घर चले आये। अम्मा को बाद में सुजाता जीजी छुड़वानेवाली थीं।

अम्मा घर पहुँचीं तो थकान के साथ-साथ खीज से भरी हुई थीं। उनकी झुंझलाहट दब नहीं पा रही थी, बोलीं, "अरे शेखर, अब कोई नौकरी ढूँढ़ ही ले बेटा ! देख, वहाँ कित्ते लोग मुझसे पूछ रहे थे कि तुम्हारा बड़ा बेटा क्या काम करता है ? भला बता, मैं उनको क्या जवाब देती ? शर्म से मैं गड़ी जा रही थी। मैं तेरी माँ जो हूँ बेटा, कैसे पत्थर का कलेजा कर लूँ ? वह तेरी बीवी तो न जाने कैसे सज-

सँवर के चहक ले है। और सुन, हफ़्ते-दस दिन में मैं छोटे के पास कानपुर जाऊँगी। चार-छह महीने उसके पास भी रह लूँ। बहौत-बहौत बुलवा भेजा है तरला ने।"

कामिनी का अन्तस्तल कचोटने लगा। सोचने लगी, "तुम माँ हो न! इसी से एक बेटे की शेखी न बघार पाने पर दूसरे की बखान सकती हो। मैं पत्नी हूँ न, और पति तो दो-चार होते नहीं, इसी से इकलौते पति की कमियों को लेकर भी जीने का प्रयत्न कर रही हूँ।"

दस रोज़ बाद अम्मा कानपुर चली गयीं। जाते-जाते अम्मा कुछ राशन-पानी रख गयी थीं, जो बीस रोज़ में चुक गया। अलमारी के कोने में दुबके कुछ रुपए पड़े थे, मनीऑर्डरों की चिटों के साथ ही। ये रुपये तीज-त्योहार पर कामिनी के पीहर से आये थे। धीरे-धीरे वे भी निबटने लगे। छोकरा पहले ही छुटा दिया था। अम्मा के पत्र आते रहते। उनमें उनके आने का कोई इशारा न होता।

'पीतल बे ऽ च ··लो ऽ ऽ' की हाँक सुनकर कामिनी घर में पड़े पीतल के सजावटी खिलौने—ऊँट, बकरियाँ, गाय, शेर—सभी बटोर लायी और कबाड़ी को आवाज़ लगा दी—

"पीतल क्या भाव लेते हो?"

"पाँच रुपये किलो·· एक ही भाव।"

झन्न से कामिनी ने खिलौने उसके उसके आगे उलट दिये।

"लो बीबी! चार किलो पक्के हैं, बीस के पड़े।"

कबाड़ी से मुड़े-तुड़े, गँदले बीस रुपये के नोट लेकर कामिनी ने राहत की साँस ली। चलो, कुछ तो जुगाड़ हुआ।

उसी रोज़ अम्मा का पत्र शेखर के नाम आया था: "बेटे, मैं तेरी नौकरी की चिन्ता में मरी जा रही हूँ। कल ही मैंने पण्डितजी को बुलाकर जाप करवाया है। पूरे पचास रुपये में पूजा पड़ी। भगवान् सब-कुछ भला करेगा। छोटे के बेटा हुआ है। दस दिन का होने पर हवन करायेंगे और तीस रोज़ बाद बहुत बड़ी दावत है। शहर में छोटे को बहुत मानने-जाननेवाले हैं। अच्छा होता, अगर तुम लोग भी आ पाते, पर क्या करें, तुम्हारी भी मजबूरी है।" यह भी अम्मा ने स्वयं ही लिख दिया था। चलो, छुट्टी हुई। ऊन के बचे हुए गोले निकालकर कामिनी बुनने बैठ गयी। छोटे बच्चे को कुछ भेजने को मन मचल पड़ा था।

शेखर ने घर में दाखिल होते ही दो सौ रुपये लाकर कामिनी के सामने रख दिये। कामिनी हकबका गयी। बोली, "ये रुपये कहाँ से आये?"

"उधार लाया हूँ। तुम ऐसा करो, थोड़ा असली घी भी ले आओ, उसके बग़ैर दाल में छौंक का मज़ा आता ही नहीं।" और छौंक का आनन्द लेता शेखर नहाने चला गया।

शेखर से बिना उलझे कामिनी सौदा लेने चल दी। शेखर की पसन्द की

सब्ज़ी-भाजी लेने के पश्चात् जब वह घर लौटी तो देखा, शेखर नहाया-धोया बैठा है और उसके पिताजी से बातें कर रहा है। बिना इत्तला के पिताजी की उपस्थिति एक सुखद आश्चर्य बन उसे चौंका गयी। दौड़कर वह पिताजी के समीप पहुँच गयी। सौदा भी हाथों से छूटते-छूटते बचा।

"कब आये ? माँ कैसी है ? अभी दो-चार रोज़ तो टिकेंगे न ? और भय्या ने मेरे पत्र का उत्तर क्यूँ नहीं दिया ?" प्रश्नों की झड़ी लगा दी उसने, किन्तु पिताजी बस एकटक उसे देखे जा रहे थे।

"क्या हुआ, पिताजी ? ऐसे क्यूँ देख रहे हैं ? अब, माँ की तरह आप भी मत कहने लगियेगा कि 'हाय ! हाय ! कितनी दुबला गयी है, बेटी तू।' ये तो आजकल का फ़ैशन है। एकदम स्लिम-ट्रिम लगना।" शान से गर्दन उठाकर कामिनी ने कहा। खाना बनाने की तत्परता, पिता के लिए सुख-सुविधाएँ जुटाने और मैके की ढेर-सी ख़बरें जान लेने के बीच उसने महसूस किया वह पिताजी से अपनी असली स्थिति छिपाने में पूर्णतया सफल हो गयी है। उसकी वाक्-चातुरी, अभिनय-कला ने बाप की आँखों में धूल झोंक दी है। बात-बात पर खिल-खिल करती वह ऐसे इठलाती फिर रही थी, जैसे कोई ऐश्वर्य की रानी अपने साम्राज्य को देखकर तुष्ट हो उठे।

"शेखर, तुम आज की छुट्टी ले लो। पिताजी केवल दो ही रोज़ को तो आये हैं।" अगले दिन प्रातः ही उठकर कामिनी ने अपनी चातुरी दिखलायी। शेखर पल-भर चौंका, फिर पलकें झुका लीं। पिताजी ने प्रश्नसूचक दृष्टि ऊपर उठायी, फिर चाय का घूँट गले से उतारकर बोले, "कुछ समय के लिए तुम दोनों ही मेरे साथ क्यूँ नहीं चलते ?"

"नहीं पिताजी, अभी इतनी छुट्टी शेखर को कहाँ मिलेगी ?" प्रत्युत्तर में कामिनी का प्रश्न था।

"पर कम्मो !" और पिताजी बीच ही में अटक गये। तमाम दिन हँसी-खुशी में गुज़र गया। जाते समय पिताजी कामिनी को एकदम से चार सौ रुपये देने लगे।

"अरे ! इतने सारे क्यूँ ? सदा की तरह एक सौ एक दीजिए न। नहीं तो फिर, ऐसा करती हूँ कि दो रोज़ के आपके खाने पीने का पाई-पाई जोड़कर बतला देती हूँ कि उन्नीस रुपये साठ पैसे हुए। चलिए, दो-चार रुपये टिप भी छोड़ जाइएगा।"

पिता के गले में फिर कुछ अटक रहा था, पर लौटाये हुए रुपये उन्होंने चुप-चाप रख लिये। फिर बिना कुछ बोले तेज़ी से बाहर की ओर मुड़ गये। शेखर उन्हें स्टेशन तक छोड़ने गया।

□

कानपुर से अम्मा का ख़त आया था :

"शेखर बेटा,

तुम्हें देखे बहुत अरसा हो गया। क्या करूँ, तरला आने ही नहीं देती। मुन्ना भी मुझसे परच गया है। यहाँ पड़ोस भी बहुत अच्छा है। मेरी दोपहरी उनके साथ ही गुज़रे है। पड़ोस के रायसाहब का बड़ा लड़का बदली पर दिल्ली जा रहा है। बेचारा मकान की फिकर में है। सोचती हूँ, अगर दिल्लीवाला मकान उन्हें किराये पर दे दूँ, तो कुछ मेरा भी लेने-देने का आसरा हो जाये। दुनियादारी तो बेटे, मरते दम तक निभानी ही पड़े है। निकाल के खर्च करते रहो तो कुआं भी खाली हो जावे है, फिर बैंक में तो ऐसा धरा ही क्या है? मेरे ख़याल में तो पीछेवाला कमरा ग़ुसलख़ाने समेत तुम बरत लो, और बाक़ी चढ़ा देना ही बेहतर है ।"

कामिनी ने ख़त मोड़कर लिफ़ाफ़े में रख दिया। दूसरा ख़त खोलकर पढ़ने लगी। पिताजी का था। लिखा था :

"कामिनी बेटी,

इसी महीने की बीस तारीख़ को तुम थिरानीजी के दफ़्तर चली जाना। मैंने उन्हें ख़त लिख दिया था। उनके दफ़्तर में एक जगह ख़ाली है, कुछ रिसर्च असिस्टैण्ट-जैसी पोस्ट है। मुझे मालूम है, तुम बहादुर लड़की हो और मेरी लड़की हो। तुम जीवन में अवश्य सफल होओगी ."

कामिनी की आँखों की कोर भीग चली। तो क्या पिताजी को सब ज्ञात है? वह क्यूँ मुझे बहादुर की उपाधि दे रहे हैं, और क्यूँ इतने बेचैन हैं मेरी नौकरी के लिए? इसी उधेड़बुन के बीच शेखर का आगमन हुआ। तुरन्त ही जेब में हाथ डाल, सौ रुपये का नोट निकाल कामिनी की गोद में फेंक दिया, जैसे एक बहुत बड़े उत्तरदायित्व से हलका हो लिया हो। बोला, "घर-ख़र्च के लिए है।"

"कहाँ से लाये हो?" कामिनी की आवाज़ में तल्ख़ी उतर आयी।

"पूछ तो ऐसे रही हो जैसे जन्म से जेब काटकर पैसे लाता रहा हूँ।" शेखर भी कट गया।

"फिर भी कुछ कहो तो।"

"कहना यही है कि झटपट कुछ लज़ीज़ शै खाने की बनाओ। जो घर में न हो, वह बाज़ार से ले आओ। कम्बख़्त आँतें कुलबुला रही हैं।"

उत्तर में कामिनी ने दोनों ख़त शेखर को पकड़ा दिये और रसोई में घुस गयी।

खाना खाने के पश्चात् शेखर इत्मीनान से पाँव फैलाकर लेट गया और एक पुरानी पत्रिका उलट-पलट करने लगा।

"तुमने ख़त पढ़े हैं?" कामिनी ने पूछा।

"हाँ।"

"घर किराये पर उठाना होगा।"

"उठा देंगे।"

"पिताजी मुझे एक नौकरी दिलवा रहे हैं।"

"हूँ।"

"कर लूँ?"

"तुम्हारी मर्ज़ी!"

"तुम्हारी राय पूछ रही हूँ।"

"हूँ ऽ—कुछ हरज भी नहीं है।"

"पिताजी से अपनी नौकरी छूट जाने का ज़िक्र तुमने किया था।"

"अरे, नहीं बाबा ऽऽ"

बस। शेखर से यही टुकड़े-टुकड़े बात मुमकिन है। कामिनी मन-ही-मन खिन्न हो उठी।

बीस तारीख़ को वह थिरानीजी के दफ़्तर जा इण्टरव्यू की खानापूरी कर आयी थी। अगले माह की पहली तारीख़ से उसकी नियुक्ति भी हो गयी थी। ठीक ही तो है, वह नौकरी करेगी तो शेखर उधार माँगता नहीं फिरेगा, बदहवासों की तरह नौकरी नहीं ढूँढ़ेगा। नौकरी ढूंढ़ने के लिए भी तो होशो-हवास बरक़रार चाहिए। सूरत से बेहिसी और लाचारी टपकती हो तो ऐसे बेचारे को इण्टरव्यू में कौन सिलेक्ट करेगा? अम्मा भी शायद वापस आ जायें, आख़िर बुढ़ापे में उनको भी तो घर में हँसी-खुशी अच्छी लगती होगी। पिताजी की भी उसे लेकर चिन्ता कम हो जायेगी।

दफ़्तर घर से दूर नहीं था। कामिनी पैदल ही चली जाती। घर का एक पिछला कमरा, बरामदा, उससे मिला ग़ुसलख़ाना और छोटा-सा स्टोर, जो अब रसोई बन गया था, को छोड़कर बाक़ी घर किराये पर चढ़ा दिया गया था। कामिनी ने अम्मा को अपनी नौकरी की ख़बर दे दी थी। उत्तर में माँ जी ने शेखर को ख़त में लिखा था "सुना है, तेरी बीवी नौकरी करने लगी है · आजकल तो सभी करे हैं! कित्ते रुपये मिल जाते होंगे?···"

दफ़्तर एक चुनौती बनकर कामिनी के जीवन में आया था और उसने असीम सजगता और दृढ़ता से उसे स्वीकार किया था। अब तो पाँव जमने लगे थे। कामिनी को लगता, यूँ ही दुनिया इतनी हाय-हाय मचाती है, ईमानदारी से पैसा कमाना तो एक खेल है, बशर्ते कि नौकरी हाथ लग जाये। मेहनत करना भी टेनिस का खेल है। उसका सारा मज़ा ही हरकत और मशक़्क़त में है। खेल का उद्वेग और उमंग शरीर में एक तृप्त क्लान्ति छोड़ देता है। खेल से थककर भी मन तुष्ट हो उठता है। लगता, क्रिया को एक दिशा मिल गई है। गृहस्थी तो पहले ही सिमटकर एक कमरे में समा गयी थी, उसमें अधिक फँसाव की गुंजाइश नहीं रह गयी थी, और रहा-सहा गृहिणी की अनुपस्थिति में सरलतर होता जा रहा था। अब तो सन्ध्या को घर पहुँचकर कामिनी देखती कि इस हलकी-फुलकी गृहस्थी

की बागडोर शेखर भी सहजता से थाम सकता है। उसकी गृहस्थी अब 'वन-मास्टर्स डॉग' नहीं रह गयी थी। अब तो उस अड़ियल कुत्ते को शेखर भी टहला ला सकता था। जीवन कुछ सहल ही हो गया था।

पहली तनख़्वाह आते ही कामिनी ने आह्लाद-भरे उत्साह से शेखर से पूछा था : "बतलाओ तो, शेखर, तुमने किस-किससे उधार लिया था? थोड़े-थोड़े करके लौटा देंगे। ठीक है?"

"फिर दे देंगे। अभी छोड़ो।"

"नहीं। वह बोझा सिर पर रखकर मुझसे सिर ऊँचा नहीं किया जाता।" कामिनी तुनक उठी।

"मैं कब कह रहा हूँ कि हम वे रुपये मार ही लेंगे? जब सुभीता होगा, तब दे देंगे।"

"पर, कम से कम बतला तो दो, वो रुपये ..."

"कामिनी, तुम तो पठान की तरह सिर पर सवार हो रही हो! क़र्ज़ा ही तो लिया था, कोई डाका तो नहीं डाला, जो इतनी हाय-तोबा मचा रही हो!"

क्रोध के हलके से झोंके ने बात को उड़ा दिया।

एक और वर्ष वर्तमान से खींचकर भूत उड़ा ले गया, जैसे साधिकार अपनी धरोहर कोई किसी से माँग ले। हर 'आज' को जैसे हम भूत से उधार माँगकर लाये हों, जो कल तक ही चुकाना पड़ेगा। एक ही से दिन घुल-घुलकर एकाकार हुए जा रहे थे, उनकी पृथक्ता केवल कैलेण्डर के पन्नों पर ही व्यक्त थी।

अचानक एक रोज़ मेरठ से कामिनी की माँ का स्नेह से गद्गद पत्र आया :

"कम्मो, तेरे भैया का ब्याह तय हो गया है। सब-कुछ इतना जल्दी में हुआ कि क्या बतलाऊँ। तू फ़ौरन छुट्टी लेकर शेखर के साथ चली आ। ब्याह बीस-एक रोज़ में ही है। लड़की सुन्दर और पढ़ी-लिखी है ..." आदि-आदि। 'तू छुट्टी लेकर शेखर के साथ चली आ'—तो शेखर के बेकार होने की बात वहाँ मालूम है!

"शेखर, चलोगे न, ब्याह में?"

"न।"

"क्यूँ?"

"तुम ही हो आओ। मैंने काम के बारे में इधर-उधर बात चला रखी है। 'परस्यू' करते रहना चाहता हूँ।"

शायद इस परिस्थिति में शेखर को ससुराल जाने में हिचकिचाहट हो रही है, यही सोचकर कामिनी ने अधिक अनुरोध नहीं किया। वह ब्याह में जाने की तैयारी करने लगी। दफ़्तर का रुटीन बदलकर एकदम से ब्याह का घर हो जायेगा, इस कल्पना से ही मन तरंगित हो उठा। भाभी के लिए छोटे-छोटे स्वर्ण कर्ण-फूल भी ख़रीद लिये थे। फल-मिठाई, हर औचित्य-बोध से लदी-फँदी कामिनी अपने पीहर

मेरठ पहुँच गयी।

मेरठ भी एक अपनी ही क़िस्म का बेजोड़ शहर है।

राजधानी से कुल चालीस मील की दूरी पर होने के कारण वह बड़े शहर की चकाचौंध से खूब वाक़िफ़ है। मेरठ का रईस नवीनता की खोज में दिल्ली के अनेक चक्कर लगाता रहता है। ये चक्कर उसके शौक़ को कुछ और भी भड़का देते हैं। यहाँ की हवा लेकर जब वह मेरठ पहुँचता है तो वह दिल्लीवाले से डेढ़ गुना अधिक फ़ैशनपरस्त और बाँका हो जाता है। पूरी तौर से बड़ा शहर न होने की वजह से पुरानी वज़अ और अदा भी वहाँ की रिहाइश में शामिल है। लोगों को फ़ुरसत है और एक-दूसरे की ज़िन्दगी में दिलचस्पी, लिहाज़ा तिल-सी बात भी ज़ोरों की अफ़वाह बनकर आँधी की तरह उड़ने लगती है। 'हम कहीं इस छोटी जगह में पिछड़े न रह जायें'—इस घबराहट में वहाँ के शौक़ीन घराने 'नया फ़ैशन क्या है और वहाँ दिल्ली में काहे का चलन है'—से चौकन्ने रहते हैं। जबकि कभी-कभी खुद दिल्लीवाले ही सोते से जागा करते हैं और देखते हैं कि फ़ैशन उन्हें पीछे छोड़कर कई स्टेशन आगे जा पहुँचा है, ऐसे में वह मेरठ जाकर उसे पकड़ ले सकते हैं।

कामिनी को आया सुनकर मिलने-जुलने वालियों का ताँता लग गया। बड़े लगाव से स्त्रियाँ उसके आभूषण छू-छूकर देखतीं। कामिनी कहती—

"क्या देख रही हो? भई, फ़ैशन तो हमें सदा धोखा दे जाता है। हमें जो साड़ी पाँच साल पहले भा गयी, वह आज तक भाती रहती है और जिस पर कल मन आयेगा, वह यक़ीनन चार साल बाद रिलीज़ होनेवाला होता है। या फिर दस साल पुरानी घिसी-घिसाई फ़िल्म-सा पिट चुका होता है। हमारे कपड़े-ज़ेवर देखकर आप केवल हमारी पसन्द का अन्दाज़ लगा पायेंगी, दिल्ली के फ़ैशन का नहीं।"

स्त्रियाँ हँस पड़तीं, पर निराशा उनके मुख पर साफ़ पुती होती। शादी की गहमागहमी में दिन गुज़र गये। नयी बहू अभिसार और रोमांच बिखेरती ससुराल आ गयी थी। मान-लाड़ और उमंग में कामिनी के कपोल रक्ताभ हो आये। इतने से दिनों में ही देह भरने लगी थी। भाभी के लिए बड़ा कमरा ठीक करते-करते कामिनी ने पिताजी के सब दराज़ खाली कर दिये थे। फ़ालतू काग़ज़-पत्तरों के बेमानी ढेर तबीयत को उबा रहे थे। पिता से पूछ-पूछकर उनके पुर्ज़े फाड़कर वह रद्दी की टोकरी में डालती जा रही थी। पिताजी कभी-कभी झल्ला भी जाते।

"दफ़्तर में क्या काम करने लगी है, मेरे तमाम काग़ज़ उलट-पुलट करती रहती है। अरे, ज़रा ठहर, देखूँ तो, अरे भई वह काम का है।" पर काग़ज़ कामिनी के हाथों पड़ चुका था। पिताजी किसी दूसरे काग़ज़ पर आँखें फँसा बैठे थे। कामिनी के हाथ के काग़ज़ पर शेखर की ही लिखावट थी। पिताजी के नाम

पत्र था। तारीख़ पारसाल की पड़ी थी। लिखा था :

"··· क्या बताऊँ। यह सब लिखने में मुझे अत्यधिक कष्ट हो रहा है, पर कामिनी के हाथों इस बार कुछ अधिक खर्च हो गया है। मुझे घर में दो सौ रुपये की सख़्त ज़रूरत है, अगर भेजने की कृपा करें तो मैं अगले माह तक लौटा दूँगा। कामिनी से इस बाबत कुछ न कहें तो अच्छा है—लैट इट बी ए मैन टु मैन टॉक।"
अपमान और लज्जा से कपोलों पर रक्त दौड़ गया था। चोट-खाया अभिमान आँखों में पिघल रहा था। धीरे-से उसने अपनी पलकें उठा पिता की ओर देखा और आर्द्र आहत स्वर में बोली :

"पिताजी !"

"हैं ? क्या है ? अरे, क्या हुआ बेटी ?"

पिताजी एकदम चौंक गये थे। कामिनी के हाथों से थर्राता पन्ना ले एकटक उसे घूरने लगे। बात को समझते हुए बोले :

"तो क्या हुआ ? क्या हुआ इसमें, बेटी ? अरे, उसने तुमसे इसका ज़िक्र नहीं किया ? ख़ैर ! छोड़ो, भूल गया होगा। अरे, वक़्त-बेवक़्त अपने ही तो काम आते हैं।"

कामिनी अधीर हो उठी।

"सच-सच कहिए, कितनी बार उन्होंने रुपया मँगाया है ?"

"कुछ नहीं, कुछ नहीं। अच्छा बाबा, तीन-चार बार, बस ! मुझे ठीक से याद नहीं है।"

"लौटाया ?"

"लौटा देगा, लौटा देगा, जल्दी क्या है ?"

"उनकी नौकरी छूट गयी, यह भी आपको मालूम है ?" घुटी हुई आवाज़ में कामिनी बोली।

"वो, अरे, वो·· तो·· मैंने ही दफ़्तर में फ़ोन कर लिया था। वहाँ ही फ़ोन पर उन लोगों ने कह दिया। फिर बेटी, मैं तुझे यूँ ही देखने चला आया था, पर तू तो जैसे कमर कसकर बैठी थी, मुझसे ही सब-कुछ छिपाने को। मैंने भी नहीं कुरेदा। अच्छा जा···अन्दर जा, अपनी भाभी के पास। अरे ज़िन्दगी में उतार-चढ़ाव तो आता ही रहता है, जैसे अच्छे दिन नहीं रहे, वैसे ही बुरे दिन भी नहीं रहेंगे।"

पर कामिनी का मन विचलित हो उठा। दो-चार दिन और रहकर वह दिल्ली लौट आयी।

शेखर को उसने अपने आगमन के लिए लालायित पाया। उधार की बात स्थगित कर वह दाम्पत्य-सुख की रसधारा में डूब गयी। अगले दिन रविवार था। केश धोकर वह ग़ुसल से निकली ही थी कि शेखर ने एक छोटा-सा डिब्बानुमा

ट्रांज़िस्टर उसके आगे बढ़ा दिया। शेखर के मुख पर चमक थी।

"यह क्या है?"

उत्तर में शेखर ने नीचेवाला लघुचक्र घुमा दिया। मधुर ध्वनि से आँगन भर गया।

"अरे! यह तो अच्छा-खासा ट्रांज़िस्टर है।"

"मैंने बनाया है।" शेखर तकरीबन शरमा ही गया।

"क्या? तुमने खुद ही बनाया है?"

"हाँ! तुम चली गयी थीं। इस नितान्त एकाकीपन ने मस्तिष्क सुन्न कर दिया था। बस यूँ ही बैठे-बैठे बना डाला। कुल बीस रुपये के पार्ट्स लगे हैं, केस अलग है। कैसा लगा?"

"बहुत बढ़िया। बाहर बैठा कोई कह नहीं सकता कि इतनी मीठी आवाज़ इस ज़रा-से मैचबाक्स में से आ रही है।"

"हाँ, दिल्ली तो मज़े में कैच करता है। रिसेप्शन भी बढ़िया है।" शेखर ने किंचित् गर्व से कहा।

पाँव फैलाकर, बदन को ढीला छोड़कर कामिनी आरामकुरसी पर अधलेटी-सी पसर गयी। पलकें मूँदकर यूँ पड़ी रही, जैसे श्वास लेना ही बहुत भली और सुखद क्रिया हो। शेखर कुछ और उर्जे-पुर्जे निकालकर खटर-पटर करने लगा। ठोंक-पीट से चौंककर कामिनी ने पलकें खोलीं।

"एक और ट्रांज़िस्टर बन रहा है क्या?"

"हाँ। यह दूसरी क़िस्म का ट्राई कर रहा हूँ।"

"क्यूँ? पूरी दुकान ही खोलने का इरादा है क्या?" शेखर मुस्कराकर रह गया। कामिनी ने फिर से पलकें मूँद लीं।

अगले दिन दफ़्तर जाने से पहले कामिनी ने एक सौ रुपये का नोट शेखर के कोट की जेब में तहा दिया और एक सन्देश भी काग़ज़ पर घसीट दिया :

"प्लीज़ शेखर, किसी से उधार मत लाना, तुम्हें मेरी क़सम! ज़रूरत पड़ने पर फिर मशविरा करेंगे-- कामिनी।"

सन्ध्या को घर में प्रवेश होते ही देखा, शेखर बरामदे में चटाई पर बैठा पेंच-कस लिये पुर्ज़े कस रहा है और सामने कल-पुर्ज़ों का ढेर लगा है।

"अरे! यह सब क्या है?"

"यूँ ही! कुछ ट्रांसफ़ॉर्मर्स, क्रिस्टल रिसीवर्स, वाईरिंग वग़ैरा ख़रीद लाया हूं।"

"और ट्रांज़िस्टर्स बन रहे हैं, क्या?"

बैग को बिस्तर पर पटक कामिनी चाय का पानी चढ़ाने चल दी। हाथ-मुँह धोकर वह लौटी।

"ओ ऽऽहो ऽऽ ! आज तो कुछ पकाने को मन नहीं हो रहा।" अँगड़ाई से बदन को तोड़ती वह बोली।

"तो रहने दो। डबलरोटी-मक्खन तो है ही, वही खा लेंगे।" शेखर ने आराम से कहा।

कामिनी ने हैरत से पति की ओर देखा। यह शेखर कह रहा है ? शेखर को पाक-शास्त्र से इतनी अरुचि ? भोजन तो उसका बहुत बड़ा डिस्ट्रैक्शन था। संसार भर की कुण्ठाओं को वह रसोई से उठती सुगन्ध के सहारे झेल सकता था। जैसे कोई मदिरा को मुक्तिदायिनी मानकर दुःख में साथ ले ले, वैसे ही शेखर खाने को तृप्तिदायक विस्मृति मानता था। कुछ चटपटा, ज़ायकेदार कुतरने से जीवन में क्षण-भर को रस आ जाता है। वह जितना शोक-सन्तप्त होता, मन उतना ही खाद्य-पदार्थ की ओर ललकता। वह स्वयं भी रसोई में जा निरीक्षण कर आता कि टमाटर, मसाले सब पर्याप्त मात्रा में सब्ज़ियों में डले हैं कि नहीं। वह क्षण उसके लिए मन-बहलाव के क्षण जैसे ही होते। सफलता और यश की भूख उदर की क्षुधा बन शान्त होती। यह सब कामिनी जानती-समझती है। वह कुछ पल शेखर को कार्यरत देखती रही, फिर स्वयं ही उठकर सब्ज़ियाँ धो-पोंछकर ले आयी और धीरे-धीरे काटने लगी। दफ़्तर-वफ़्तर भूल, एक नारी-तुल्य तृप्ति कामिनी के मन पर छाने लगी, अपने पुरुष को अपने हाथ का बना खिलाने की तुष्टि। वही पुरानी घिसी-पिटी मनोभावना, किन्तु कितनी प्रबल, कितनी अबोध, कितनी सहज !

□

कानपुर से अम्मा का पत्र आया था। लिखा था : "शेखर बेटे, मेरी तबीयत कुछ अच्छी नहीं रहती। बुख़ार भी आ जावे है। खाँसी-नज़ला भी चले है। मुन्ना तो अब जादा करके अपनी माँ और आया के पास ही रहे है। सोचूँ हूँ, कुछ रोज़ को दिल्ली ही आ जाऊँ। उनके जमाने का घर है, वहीं मेरी आत्मा बसी है बेटे ! तुम लोगों का मोह भी खींचे है।"

कामिनी ने उत्तर में साग्रह उन्हें बुलाया था। गर्मियाँ आ गयी हैं, अम्मा अन्दर सो जाया करेंगी और शेखर और वह बरामदे में सो जायेंगे, कोई दिक़्क़त नहीं होगी। कहें, तो शेखर अम्मा को लिवाने आ जाये।

□□□

एक रोज़ दफ़्तर से आकर देखा, शेखर बेचैन-सा चहल-क़दमी कर रहा है। व्यग्रता मुख के नक़्श-नक़्श से ज़ाहिर है। कामिनी ने पूछा, "क्या, हुआ ? आज

ट्रांज़िस्टर नहीं बन रहा ?"

"सामान नहीं है।" छटपटाकर शेखर ने कहा।

"कितने का आयेगा ?"

"तुम कहाँ से दोगी ? सब तो घर में ख़र्च हो जाता है !"

"खोजती हूँ। शायद घर में कहीं पुरानी जमा गड़ी हो। खोद-खादकर देखती हूँ।"

कमरे में जा कामिनी अलमारी में से भैया के ब्याह में मिले पाँच सौ रुपये निकालने लगी, फिर यूँ ही बच्चों की-सी किलकती शरारत उसके मन में फूट पड़ी और वहीं से वह चीख़ने लगी।

"शेखर, जल्दी आओ ! यहाँ ख़ज़ाने पर बहुत बड़ा विषधर बैठा है।"

शेखर भन्नाता हुआ अन्दर आया।

"मज़ाक़ मत करो कामिनी, मैं बहुत परेशान हूँ।" पर कामिनी के हाथ में रुपये देखकर उसकी आँखों में एक लपट उठी। कामिनी ने देखा, आशा का भी एक रंग होता है जो इस समय शेखर की आँखों में झलक रहा है।

"कहाँ से आये ? कामिनी · मुझे दे दो···सबके सब। मैं इन रुपयों से······ तुम नहीं जानतीं कामिनी ··वह पाँच ट्रांज़िस्टर मैंने वर्मा की दुकान पर रखवा दिये हैं···एक के बारे में तो एक ग्राहक पूछताछ भी कर गया है ·· शायद आज लेने भी आये।"

शेखर को इतना प्रसन्न देख कामिनी के चेहरे पर भी छूत की तरह मुस्कान फैल गयी। वह शेखर से सट गयी। उस गर्माहट में उसे एक सुरक्षा का आभास मिला। उसका मन विश्वास से भर उठा।

"तुम खुश दिखलाई दो शेखर, तो ट्रांज़िस्टर बिके-न-बिके, जीवन इस प्रकार भी चलता रह सकता है।"

रुपये लेकर शेखर तीर की तरह बाहर हो लिया। फिर वह बहुत से सामान से लदा-फँदा ही घर पहुँचा था। तुरन्त ही पेंचकस लेकर बैठ गया था। रात के दस बजे बड़ी मनुहार-धमकी से विवश हो वह भोजन के लिए उठा। बड़े-बड़े निवाले ऐसे सटक गया, जैसे एक कर्तव्य निभा रहा हो। उस समय उसकी जिह्वा के लिए शाक और घास में विशेष अन्तर नहीं था। खाने के पश्चात् फिर वही माथापच्ची शुरू कर दी। अर्द्धरात्रि के समय कामिनी को उसकी अनुपस्थिति का आभास हुआ और वह आँखें मलती उठकर बरामदे में जा पहुँची। देखा, शेखर निष्पलक कल-पुर्ज़ों के पेच कस रहा है। कामिनी बलपूर्वक उसे बिस्तर पर खींच लायी।

"शेखर ! इस तरह तो तुम पागल ही हो जाओगे !"

शेखर ने अपना क्लान्त-श्रान्त मस्तक कामिनी के वक्ष पर गड़ा दिया, जैसे

सम्पूर्ण जीवन की निराश थकान उसी एक पल में यहीं मिटा देना चाहता हो, जैसे कामिनी के हृदय-स्पन्दन से नवजीवन शक्ति खींच लेना चाहता हो। कामिनी ने हौले-से अपने होंठ शेखर के मस्तक पर मूक-आशीर्वाद में टिका दिये। शेखर की पलकें थिरकती तितली के हल्के पंखों की तरह पत्नी के वक्ष पर उठ-गिर रही थीं। अचानक वक्ष पर ढुलक आयी अश्रु-धार ने उसे चौंका दिया। शेखर का झुका सिर और बहते अश्रु जैसे उससे क्षमा-याचना कर रहे थे। कामिनी के अन्तर में ममता-जैसा कुछ छलछला आया। उसने शेखर को अपनी बाँहों के सुरक्षित घेरे में समेट लिया। जैसे पतली-दुबली छरहरी टहनी पर डेहलिया का फूल लहक रहा हो, ऐसे ही कामिनी के होंठ बार-बार शेखर के मस्तक को चूम-चूम लेते। न जाने कब गहन निद्रा ने इस मोह-ममता-भरे दृश्य पर परदा डाल दिया।

शेखर के छह ट्रांज़िस्टर बिक गये थे। वर्मा पार्टनरशिप जैसा कुछ चाह रहा था। पैसा लगाने को राज़ी था। काम करने के लिए जगह बता रहा था। स्मॉल स्केल इण्डस्ट्रीज़ के दफ़्तर में जाकर रजिस्ट्री कराने को तत्पर था। सारी दौड़-धूप, लाइसेंस आदि का निपटारा खुद ही कर लेने को आकुल था।

"शेखर, यू हैव अराइव्ड !" कामिनी ने ऐलान कर दिया।

अम्मा की पहुँच का तार पा कामिनी ही उन्हें लिवाने स्टेशन दौड़ी। शेखर बिखरा हुआ बैठा था। सवेरे से ट्रांज़िस्टर से चिपका पड़ा था। सारा बरामदा ही म्यूज़ियम बना हुआ था।

अम्मा वाक़ई बहुत दुर्बल लग रही थीं। घर पहुँचकर जब उन्होंने शेखर को उस फैलावे के बीच आलथी-पालथी मारकर समाधि लगाये देखा, तो उनकी आँखें कानों तक फैल गयीं।

"अरे ! यह क्या कर रहा है बेटे ? यह कबाड़ कैसा है ?"

"कैसी हो अम्मा ? ज़रा हाथ-मुँह धोकर कुछ खा-पी लो। मैं अभी आया। कामिनी, देखो तो अम्मा को क्या चाहिए ? तौलिया-वौलिया तो दो कुछ।"

अम्मा धम्म से वहीं बैठ गयीं और आँखें फाड़-फाड़कर उस कबाड़ में शेखर को मन-प्राण से दृष्टि गड़ाये कुछ-कुछ करते देखती रहीं।

अगले रोज़ ही अम्मा को डॉक्टर को दिखलाया था। विशेष चिन्ताजनक कुछ नहीं था। टॉनिक, दवाइयाँ डॉक्टर ने लिख दी थीं। कुछ ही दिनों में अम्मा पहले से स्वस्थ दिखलाई देने लगीं। उनकी बातों से लगा, शेखर और कामिनी को यूँ विवश छोड़कर कानपुर चले जाने के लिए किंचित् अपराध-भावना उनके मन में थी। उसी आत्मग्लानि से मुक्त हो उनकी मनोदशा स्वस्थ हो गयी थी। शेखर के बढ़ते-फलते काम ने उन्हें आश्चर्यचकित कर दिया था। वह प्रसन्न थीं। गृहस्थी का जो संक्षिप्तीकरण हुआ था, अम्मा के स्वस्थ होने पर वह फिर से अपना पूर्ण विस्तार पा गयी थी। सुजाता जीजी अक्सर ही आया करतीं। अम्मा को सम्बोधित

करके एक बार उन्होंने कहा था :

"भई, मेरा तो अटूट विश्वास है कि स्त्री घर की शोभा है। नारी को अपना व्यक्तित्व पूर्णतया पति की छाया से एकाकार कर देना चाहिए। एवरी ग्रेट मैन हैज़ ए वूमन बिहाइण्ड हिम।"

कामिनी और शेखर भी इस संवाद के समय जीजी के दरबार में थे। कामिनी बोली, "पर जीजी, ऐसा करने पर क्या समाज का एक अंग सदा पंगु, सदा अबला नहीं रह जायेगा ?"

"अरे, तो घर में इतना कुछ है करने को ?"

"घर का नियमित काम दो-चार घण्टों में समाप्त हो ही जाना चाहिए।" कामिनी फिर बोली।

तभी अम्मा कह उठीं, "अब शेखर कोई बेकार थोड़े ही है। तू किसे दिखाने को काम कर रही है ? घर में क्या खाने को नहीं है ? दुनिया क्या कहेगी ?"

"अम्मा, घर में यदि खाने को न हो तो दुनिया तो आकर खिला नहीं जायेगी ? मेरे काम करने न करने से दुनिया को मतलब ?" और वह कमरे से खिसक गयी।

□□□

शेखर ने वर्मा से बातचीत करके एक बड़ा-सा घर किराये पर ले लिया था। कामिनी छुट्टी लेकर उसकी साज-सज्जा में लग गयी थी।

दिन उमंग-भरे गुज़र रहे थे, किन्तु अम्मा फिर अनमनी हो चली थीं। आख़िर एक रोज़ बोल ही पड़ीं :

"बहू, मैं कुछ दिनों को कानपुर जाऊँगी। तुम्हारे घर में कोई बाल-बच्चा तो है नहीं। तुम दोनों चले जाते हो तो घर प्रेतों का डेरा लगे है। कल रात मुन्ना मुझे सुपने में भी दिखलाई दिया। फिर बहू की हालत भी नाज़ुक है, कैसे सँभालेगी सब-कुछ ?"

एक बार अम्मा का मन जो उचटा तो फिर उन्होंने कानपुर जाकर ही दम लिया।

बच्चा ! हाँ, अब शेखर का मन और पग एक स्थान पर टिक गये लगते हैं। अब बच्चे की प्लानिंग की जा सकती है। पहले तो उसकी तीन-तीन नौकरियों के छूटने के बीच कभी भी इतनी सुरक्षा का आभास ही नहीं मिला कि बच्चे की बात सोची जा सकती। किन्तु बच्चा होने पर वह यक़ीनन सर्विस छोड़ देगी। उस सुन्दर अनुभव के एक-एक पल का आभास लेगी। शेखर कहीं फिर ढीला पड़ गया तो ? तो क्या ? वह सदा तो पति के सम्मुख एक त्यागमय उदाहरण नहीं बनी रह

सकती।

"शेखर, तुम्हें कभी बच्चे की लालसा नहीं होती?"

"हैं!" शेखर ऐसे चौंका, जैसे कोई बहुत ही महत्त्वपूर्ण बात वह भूला बैठा हो और अब अचानक वह अपनी पूर्ण महत्ता के साथ याद हो आयी हो।

"हाँ-आँ! बच्चा तो होना ही चाहिए, लेकिन फिर दफ़्तर कैसे जाओगी?"

"नहीं जाऊँगी।"

"हैं!" शेखर और भी चौंका, जैसे कामिनी और दफ़्तर का कोई अटूट सम्बन्ध हो।

"हाँ। और क्या?"

"हाँ-हाँ, और क्या, दफ़्तर तो छोड़ा जा सकता है।" शेखर को अनायास ही कामिनी का दफ़्तर छोड़ना मुमकिन लगा।

कामिनी को 'पिल' छोड़े दो साल बीत चले थे, पर नौकरी छोड़ने की नौबत अभी नहीं आयी थी। तरला का दूसरा बच्चा, बेटी, डेढ़ साल की हो गयी थी। अम्मा इस बीच छह महीने दिल्ली रह गयी थीं। पर तरला के पाँव उनके यहाँ आते ही फिर भारी हो गये थे और अम्मा का कानपुर जाना फिर से आवश्यक हो गया था। कामिनी ने दो भिन्न डॉक्टरों से अपना निरीक्षण भी कराया था। दोनों ने उसे पूर्णतया त्रुटिहीन बतलाया था और शेखर की जाँच का परामर्श दिया था। शेखर को वहाँ चले चलने के लिए कहने से उसका मन भयभीत था। मानो उसी में कोई त्रुटि, कोई अभाव निकल गया तो? जिस उमंग से शेखर अपने काम में व्यस्त है, वह जो एक आत्म-सम्मान उसमें आता जा रहा है, जीवन के प्रति जो एक उल्लसित रुचि उसके मन में जन्म ले रही है, वैसी बात सुनकर यदि सब नष्ट हो गया तो? सम्भव है वह अपने को अयोग्य, हीन समझने लगे। नहीं, शेखर कदापि इस कमी का सामना नहीं कर पायेगा। वह कामिनी के सम्मुख अति अपमानित, अति लज्जित महसूस करेगा। शायद एक अपराध-भावना भी उसके अन्तर में समा जाये। बहुत तरसाकर यह दिन आया, जब शेखर अपने को समर्थ पा रहा है। कामिनी उसे पुनः अपूर्ण नहीं होने देगी। किन्तु सत्य तो जानना ही होगा। सत्य जान लेने पर ही वह सचाई से टक्कर ले सकेगी। कामिनी ने अपनी चिकित्सक से परामर्श लिया। उसी के क्लीनिक में एक पुरुष डॉक्टर से समय निश्चित हो गया। शेखर से कहा कि उन दोनों की ही जाँच आवश्यक है। निष्कर्ष जानने को वह स्वयं ही गयी। पूर्व-सम्भावित, पूर्णशंकित परिणाम ही निकला। समस्या निराशाजनक थी। शेखर की दशा का कोई निदान नहीं था। शेखर को कुछ भी ज्ञात होने नहीं पाया। उसके लिए डॉक्टर और कामिनी का एक ही पूर्व-निश्चित उत्तर था: "आप दोनों बिलकुल ठीक हैं, बच्चा होना न होना भगवान् के हाथ है।"

"शेखर, हम-तुम पूर्णतया स्वस्थ हैं, बच्चा भाग्य पर निर्भर है।"

कामिनी का दफ़्तर और शेखर का व्यापार दोनों उन्नति-पथ पर थे। अम्मा, तरला के दूसरे पुत्र-जन्म और तीसरे शिशु-प्रजनन से निबटकर लौट आयी थीं। माला फेरते-फेरते एक गहरा निःश्वास छोड़कर अम्मा जब-तब बुदबुदा उठतीं, "अब तो एक ही चाहना रह गयी··· मेरा शेखर कहीं निपूता ही न रह जाये··· उसकी बेलि भी फले-फूले··· हे भगवान् जी महाराज।"

मालूम नहीं, भगवान् उनका बुदबुदाना कितना सुन पाते थे, किन्तु कामिनी ने एक रोज़ उनका फुसफुसाना अवश्य सुन लिया था।

"शेखर बेटे, डॉक्टरनी को दिखा उसे! अगर कोई उपचार नहीं है, तो बेटे, क्या तू निपूता ही मरेगा? अरे, बाल-बच्चा न होने पर तो क़ानून तलाक़ तक देने की इजाज़त दे देवे है! और फिर···वो ऽ तो पढ़ी-लिखी है, कमाने जोग है, तू दूसरी ब्याह भी लाये, तो वो कौन-सा बेसहारा हो जायेगी? अरे, वो कोई अनपढ़-गँवार थोड़े ही है··· वो कोई तेरे आसरे थोड़े ही है, बेटे, आजकल की कोई अबला कमजोर थोड़े ही··· ।"

"चु ऽ प रहो ऽ माँ, बस करो!" शेखर चीख उठा था।

एक सन्ध्या को अम्मा ने देखा, कामिनी एक मोटे-ताज़े, गोल-मटोल चेहरे वाले चार-वर्षीय बालक की तर्जनी थामे घर में प्रवेश कर रही है।

"यह कौन है, बहू?" अम्मा ने तुरन्त ही प्रश्न किया।

"यह गुट्टू है और अब यह हमारे पास ही रहेगा।"

"कब तक?"

"हमेशा।"

"क्यों?"

"मैंने इसे गोद लिया है।"

"गोद लिया है?"

"हाँ।"

"सुन रहा है शेखर, तेरी बहू ने बच्चा गोद लिया है!"

शेखर ने व्यस्त दृष्टि ऊपर उठायी, "कहाँ से लायी हो कामिनी?"

"अनाथ-आश्रम से।"

"अनाथ-आश्रम से? हे भगवान्! अरे, लेना ही था तो छोटे का ले लेते! अपना खून तो था।" अम्मा तो अब आर्तनाद कर उठीं।

"उसे काहे की कमी है अम्मा? घर, माँ-बाप, सुरक्षा, शिक्षा। उसे लेने से क्या फ़ायदा?" कामिनी बोली।

"और यह जो अनजान की औलाद है? इसे गोद लेने से फ़ायदा है?"

"हाँ, अम्मा इस बेचारे को वह सभी कुछ मिल जायेगा, जिससे यह वंचित

है। बड़ा होकर हमीं को मानेगा।"

"हाँ ऽ हाँ ऽऽ, तुम ही को मानेगा। सारे लच्छन नज़र आ जायेंगे! सब चरित्तर दिखा देगा।" अम्मा भविष्यवाणी कर रही थीं।

"जाओ तो, गुट्टू, वो तुम्हारे पापा हैं, उनके पास जाओ।" गुट्टू आदेश पा, अनिश्चित क़दम उठाता मुँह पर हिचकिचाहट-भरी अँगुली दाबे, शेखर की ओर चला। उसकी बालदृष्टि शेखर को तौल रही थी कि वह अपरिचित व्यक्ति उसे स्नेह से स्वीकार करेगा अथवा दुत्कार ही देगा। 'पापा' शब्द सुनकर शेखर कुछ झेंप गया था, किन्तु तत्काल ही उसकी दृष्टि कामिनी की नज़र से मिली और वह मुस्करा उठा, मानो कह रहा हो, 'जो तुम्हें प्रिय है, कामिनी! वह मुझे भी स्वीकार है।' अनाथ-आश्रम में पले बच्चे ने झट उस मूक भाषा को पहचान लिया और दौड़कर शेखर से लिपट गया।

शेखर ने उसे भरपूर बाँहों में समेट लिया और पूछा, "क्या नाम है बेटे, तुम्हारा?"

"गुट्टू!" बच्चे ने झिझकते हुए कहा।

"और तुम्हारा?" बच्चे ने फिर पूछा।

"पापा।" कामिनी बीच ही में चहक उठी। फिर शेखर और कामिनी दोनों खिलखिलाकर हँस पड़े, जैसे दो साझे के चोर अपनी चुरायी निधि को निरखकर आनन्दित हो उठें।

अम्मा इस नाटक को हैरत से देख रही थीं। उनकी दृष्टि में वह असमर्थ निस्सहायता थी, जो एक सयाने को नीम-पागल की हरकतें देखकर महसूस होती है। वह जानती थीं, अब वह कुछ न कर पायेंगी। अपने को इतना बेअसर उन्होंने पहले कभी नहीं महसूस किया था।

● ●

एक झुका हुआ आदमी

वह एक झुका हुआ आदमी था जो आज पहली बार अचानक तनकर खड़ा हो गया था। यही नहीं, सीधा खड़ा होते ही उसने तड़-से ऐलान कर दिया था, "मैं अपने बेटे को बारह साल का होते ही दून स्कूल भेजूंगा !"

किसी से भी उसकी बात एकदम से निगली नहीं गयी, लेकिन उन्होंने देखा कि उसकी काली पुतलियाँ इस वक़्त धुले कोयले-सी चमक रही थीं, जो उसकी बात को वज़न दे रही थीं।

काली पुतलियोंवाला आदमी उस ख़ास दरबार में एक आदमी था, लेकिन उन सभी दरबारियों से किसी-न-किसी रिश्ते से जुड़ा था, बल्कि एक आदमी का तो वह सगा भाई भी था। दरबार उसी आदमी की बैठक में जुड़ा था, जिसका वह आम आदमी सगा भाई था। जिस रोज़ का ज़िक्रे-ख़ैर यह है, उस रोज़ सवेरे से ही उस आम आदमी को जीना बहुत आसान लग रहा था, और उसने बिस्तर से उठते ही धोबी-घाट पर असंख्य बार पीटे गये रद्दी कपड़े-सी बदरंग, अपनी बीवी को चूम भी लिया था। बीवी के रबड़ के होंठ विस्मय से किंचित् फैल गये थे। उसके कपोलों पर लाली यूं आयी थी, जैसे अण्डे की ज़र्दी पर किसी ने एक क़तरा खून टपका दिया हो और वह क़तरा वहीं सिमट-कर धब्बा बन गया हो। फिर भी, पत्नी का आम के गूदे-सा वक्ष कुछ कँपकँपा गया। आम आदमी ने उत्साह से चिहुँककर कहा, "अरे रजनी, जीवन में पैसा ही सब-कुछ नहीं है !"

रजनी ने कोई प्रतिवाद नहीं किया था। उसने अपनी भटकाव और अभाव-भरी ज़िन्दगी में पैसे के बाहुबल को खूब पहचान लिया था। वह अब विवाद-योग्य बात नहीं रह गयी थी। उसकी आँखों में अचानक आँसू भर आये, जिससे उसकी आँखों का सूनापन कुछ कम हो गया। उसने उठकर एकदम से खिड़की खोल दी। बाहर बादल, बेवफ़ा के प्यार-सा ज़रा-सा बरस गया था। गीले आँगन पर गुनगुनी धूप का एक टुकड़ा फिसल पड़ा था। पत्नी बाहर निकल आलिंगन-सी

सुमधुर उस धूप को बींधकर खड़ी हो गयी। जब पत्नी मन-ही-मन कह रही थी कि "जो दिन बीतता है वही ग़नीमत है" तभी एक और खयाल ज़हन में से निकल कर धूप में महकने लगा और वह दुलार से अपने गर्भ पर हाथ फेरने लगी, वह गर्भ, जो विवाह के आठ वर्ष पश्चात् उसने अकारण ही धारण कर लिया था और जिसकी अब चाह भी भूल चुकी थी।

गुसलखाने से आम आदमी के गुनगुनाने की आवाज़ आ रही थी। जिस प्रकार विजयोल्लास या पुत्र-विवाह के आनन्द में राजा लोग पुराने क़ैदियों को कारामुक्त कर देते थे, उसी तरह उस आम आदमी ने अपने मस्तिष्क की जेल में बन्द कितने ही ऐसे अपराधियों को क्षमा कर दिया, जिनसे उसने आशा-प्रत्याशा की थी और बदले में उपेक्षा-भर्त्सना पायी थी।

कल ही तो कठोर दिन से ऊबकर जब आम आदमी ने स्निग्ध रात्रि में साग्रह पत्नी को छुआ था और उत्तर की प्रतिक्रिया में उड़ती चील के पंखों-सी फैलती उसकी टाँगों पर हाथ रखा था, तभी पत्नी ने और बातों की तरह वह बात भी कह दी थी :

"लगता है, इस बार महीना नहीं होगा।"

"क्यूँ ?" मूर्ख की तरह आम आदमी ने पूछा था।

पत्नी ने कोई उत्तर नहीं दिया तो वह अचानक हाथ खींचकर उठ बैठा था। उसके मस्तिष्क में स्वयं ही उत्तर कौंध गया था।

"क्या ? क्या, बच्चा ? तुम तुम···माँ ?"

"हाँ।" उसकी सकपकाहट को बीच ही में काटकर पत्नी ने बात ख़त्म कर दी थी। आम आदमी ने अचानक ख़ुशी महसूस की। पल-भर को वह इस नयी अनुभूति से घबरा भी गया, पर मन की गाँठें आप-ही-आप खुलती गयी थीं, उलझनें ग़ायब हो रही थीं और आखिर सब सलवटों पर ख़ुशी फैलती गयी। उसके होंठ आप-ही-आप सहज हो अँधेरे में फैलने लगे, जैसे मुस्करा रहे हों। कुछ देर बाद होंठों की खाई और पटने लगी और ख़ुशी में उसके दाँतों की सफ़ेद पटरी भी नज़र आने लगी। उसका जिस्म गुदगुदाने लगा, यहाँ तक कि वह पत्नी को भी भूल गया। पत्नी ने अपनी टाँगें समेटकर दूसरी ओर करवट ले ली। वह अकेला ही अन्धकार में ख़ुश-ख़ुश बैठा रह गया था।

उस रोज़ दफ़्तर पहुँचकर औरों की तरह उसने भी सहकर्मियों की पीठ पर धौल जमाते हुए पुरजोश आवाज़ में ज़िन्दगी का मज़ा लेते हुए कहा था, "अख़्ज़ाँ, पाँडे, मेरे यार, आज तो बॉस की तरह सूटेड-बूटेड हो, कोई घूस-वूस मार ली क्या ?" पर जुमले का अन्त होते-न-होते पचीसों कील-ठुका उसका जूता, मार्बल चिप्स के चिकने फ़र्श पर रपट गया था और वह ज़मीन पर बिछते-बिछते रह गया। उसका चुलबुलाना फिर भी कम नहीं हुआ, बल्कि लंच ऑवर में तो उसने

बड़े साहब की वह एक्सपर्ट मिमिक्री की थी कि भाई लोगों को निवाला निगलने और दाद देने की आपाधापी में धसका लग गया था।

ज़िन्दगी की सड़क पर वह सदा रपटता ही रहा हो, ऐसी बात नहीं है। एक वक़्त वह भी था, जब कॉलेज में उसने इसी रजनी पर प्यार उँड़ेलते हुए फ़िल्मी अन्दाज़ की ठसक से कहा था :

"अगर तुम मिल जाओ रजनी, तो फिर मेरी ठोकर पर यह सारा ज़माना !"

रजनी का मिलना तो ख़ैर कौन बड़ी बात थी, सो वह मिल ही गयी। पर, ज़माने-जैसी पत्थर की फुटबॉल को जब उसने ठोकर लगानी चाही, तो उसकी रीढ़ की हड्डी ने झुकना शुरू कर दिया और अब तक तो उसकी हालत साँप की तरह धरती पर रेंगकर चलने की हो गयी थी, पर वह जैसे-तैसे अपने दो पाँवों पर टिका रहा।

उठते-उठते कई उम्मीदों के जनाज़े उठ गये। आम आदमी ने औलाद की ख़ुशी-जैसी हसरत को भी कफ़न ओढ़ा दिया था, परन्तु आज वह उम्मीद मुख पर से कफ़न हटा बाहर झाँकने लगी।

यकायक दफ़्तर में बैठे हुए खयाल आया, रजनी को कई बरस पहले चक्कर, कमज़ोरी के कारण डॉक्टर को दिखलाया था। डॉक्टर ने उसे ज़बरदस्त एनेमिया बतलाया था, गर्भाशय के मुख पर कोई अल्सर-फल्सर भी बतलाया था, जिसका इलाज हर माह आकर उसे जलवाना वग़ैरह भी बतलाया था। पर इलाज-उलूज पहले महीने ही बन्द हो गया था। घर पर बन्द पड़ी अलार्म क्लॉक, लीक करता हुआ उसका अपना फ़ाउण्टेन पेन, धागा तोड़ती, लकलक करती रजनी की सिलाई-मशीन, एक ही स्टेशन से कई-कई स्टेशन रिले करते उसके ट्रांज़िस्टर की ही तरह रजनी की भी मरम्मत नहीं हो पायी थी। और अब तो पिछले वर्ष डॉक्टर ने उसे भी टॉनिक-वानिक लेने की हिदायत दे डाली थी, सो वह प्रिस्क्रिप्शन भी ताक़ पर ही धरा रह गया था। पर अब तो रजनी का ठीक से इलाज करवाना ही पड़ेगा।

"आपका फ़ोन है।" चपरासी ने आकर विचारों की लड़ी बिखेर दी। रिसेप्शन पर जाकर फ़ोन उठाया तो भाई साहब बोल रहे थे। शाम को घर पर खाने के लिए कहा था। बड़ी दावत थी, कुछ भाभी का हाथ-वाथ भी बँटाने को कहा था।

आम आदमी को आज के मूड में लगा कि हाथ-वाथ बँटाने को नहीं, भाई साहब ने सादर-साग्रह उसे भोज में ही निमन्त्रित किया है। झटपट काम निबटाकर वह वहाँ पहुँच गया था, जहाँ भरे दरबार में अचानक वह अकड़ के खड़ा हो गया था !

भाई साहब ने एक नज़र सेण्टर टेबुल पर रखे व्हिस्की, डिकेण्टर पर डाली,

फिर भाई के पास पड़ी साइड टेबुल पर। वहाँ कोई गिलास न था। व्हिस्की वह स्वयं उँड़ेल रहे थे, उसका लेबल भी बोतल में ब्लिलोडेंजर था। नहीं, छोटा भाई पिनक में नहीं बोल रहा था। उन्होंने हल्के इशारे से भाई को बेडरूम में चलने को कहा और ख़ुद भी उसी तरफ़ चल दिये। अन्दर जाते ही उन्होंने ब्रीफ़केस में से कुछ पुराने, पीले से काग़ज़ात निकाले और भाई को थमा दिये :

"यह लो रजत, बेचारे बाबूजी की यह ज़रा-सी ही इंश्योरेंस थी। कार्रवाई पूरी हो गयी है, तुम जब चाहो रुपया ले सकते हो।"

सुनकर आम आदमी वास्तविकता से जा टकराया। अपने सवेरे के कथन के विपरीत उसे पैसा बहुत-कुछ लगने लगा। भाई साहब काग़ज़ थमा कब के बैठक में जा चुके थे। रजत ने काग़ज़ पर अपने नाम पाँच हज़ार रुपयों का टोटल फिर से पढ़ा और उस फ़िगर को घूरता ही रहा, मानो वहाँ उसे पाँच फिर तीन शून्य का आँकड़ा नहीं राशन, कपड़े, दवाइयाँ और न जाने कितनी ही ज़रूरी चीज़ों का एक अच्छा-ख़ासा डिपार्टमेण्टल स्टोर सजा नज़र आ रहा हो और वह चुन-चुनकर शेल्फ़ पर से अपनी पसन्दीदा चीज़ें उतार रहा हो। भाई साहब को बैठक में गये शायद आधा घण्टा हो चुका था। आम आदमी अब भी शेल्फ़ पर से पाँच सौ ग्राम की मक्खन की टिकिया, बड़ीवाली डबलरोटी और एक किलो गोल्डन डिलीशस सेबों को उतरवा रहा था। वह अचानक अपने को एक बाप की हैसियत रखने-वाला, बीमार पत्नी का ज़िम्मेदार पति महसूस कर रहा था—सामर्थ्यवान्, रक्षक-पालक, सबल पति। वह आशामुग्ध था। दैनिक आवश्यकताओं का सामना करने की पाँच हज़ार पावर की सामर्थ्य ने उसपर चार पेग का नशा हावी कर दिया था। वह लम्बे-लम्बे डग भरता, बाहर ताज़ा हवा में निकल आया। वह सोच रहा था, सिर्फ़ आज का दिन गुज़र जाये, कल साले दफ़्तर को ग़ोता लगाऊँगा, रुपया एकाउण्ट में दाख़िल करवाना है।

दो रोज़ बाद रजत को फिर से साले दफ़्तर को ग़ोता लगाना पड़ा, क्योंकि रुपया उसके एकाउण्ट में आ गया था। डिपार्टमेण्टल स्टोर से निकलकर जब वह घर पहुँचा तो माथे तक पार्सलों से लदा था। रजनी भौचक रह गयी। फिर निहा-यत ही भोंडा सवाल कर बैठी, "कहीं से उधार मिल गया क्या?"

"हैं-ऐं! धत्!" की-सी टोन में रजत ने कहा और बेताबी से पार्सलों की पैकिंग फाड़ने लगा। उसे अचानक ज़िन्दगी बहुत शालीन और आबरूदार लगने लगी थी। वह अपने को भीमकाय महसूस कर रहा था और ज़िन्दगी को दो साल का सलोना, ज़िद्दी बच्चा, जिसे तरह-तरह से बहलाया जा सकता था, ख़ास तौर से बाज़ार घुमा लाकर तो बेहद ख़ुश किया जा सकता था। वह रजनी को लाड़ से ले बैठा और मनुहार-सा करता चीज़ें दिखलाने लगा।

"देखो तो रजनी, कैसा ख़ुशरंग तौलिया है! और यह देखो, कैसे ग़ज़ब का

प्रिण्ट है इस साड़ी पर, है न अच्छी ? यह लो साबुन, मैसूर चन्दन। अरे, देख क्या रही हो, जानी, महक जाओगी लगाकर!"

रजनी यदि दो साल की सलोनी-सी बच्ची होती तो उसके उल्लास का झूला इस समय सबसे ऊँची पेंग पर होता, पर वह तो अट्ठाईस साल की, आठ साल से शादीशुदा. आम आदमी की पत्नी थी। वह जानती थी, वास्तविकता चाहे कुछ भी हो, वह ढेर-सारे रंगीन पार्सल नहीं थी जो रजत उसे दिखला रहा था। उन सब चीज़ों की पाँच साल बाद की बदरंग, घिसी-पिटी, टूटी-फूटी शक्ल भविष्य बनकर उसे डरा रही थी।

एक रोज़ रजत उसे खींच-खाँचकर ब्यूटी सैलून भी ले गया। उसने अपने झुके हुए जीवन में भाई साहब के घर की दावतों में, बॉस के घर दावतों के इन्तज़ाम करने जाने में कई कुरूपाएँ और रूपसियाँ बनी-ठनी देखी थीं। उसका निम्न मध्यवर्गीय जीवन ग़ुरबत की असंख्य मार खाकर भी अपनी उच्चाकांक्षाओं को न छोड़ सका था। उसके ग़रीबी की फटेहाली से मुक्त नक़्शे पर स्याही से ब्यूटी सैलून की जगह भी अंकित थी।

रजनी जब ब्यूटी सैलून से निकली, तो पहले से कुछ अधिक बीभत्स लग रही थी। सफ़ाई से बँधी, ऊँची केशराशि के नीचे उसकी कभी बोलती हुई आँखें और भी सुनसान लग रही थीं। आँखों के नीचे की काली परछाइयाँ, गालों के पिचके मैदान और भी उभर आये थे। नयी साड़ी पहनकर जब वह चली तो लगा, किसी ने बड़े फूहड़ ढंग से तहाकर साड़ी को हैंगर पर लटका दिया है।

अगले चार महीने आम आदमी के लिए पुनर्जन्म के-से थे। ज़िन्दगी उमड़ी पड़ रही थी। उसकी बोली में लौंडो-जैसी चुहल और फ़िकरेबाज़ी उतर आयी थी। चाल में उछाल था। रजनी भी उसे कॉलिज-डेज़ की तरह 'रजत' पुकारने लगी थी। पर वह स्वयं पहले से अधिक फीकी पड़ गयी थी। वह हर समय घबरायी-सी रहती। एक तो कोख में शिशु-भार और ऊपर से रजत साहब की पैंतरेबाज़ी के पीछे उसे उधार-ही-उधार नज़र आ रहा था।

पाँचवें महीने से आम आदमी की कलाबाज़ियाँ कम होने लगीं और रजनी को छठा महीना लगते-लगते रजत साहब का सर्कस अपने सब तम्बू उखाड़ उठ गया। वह फिर से आम आदमी बन गया। झुकना उसने अभी शुरू नहीं किया था, पर आवाज़ का दमख़म जाता रहा। एकाउण्ट में जब बीस रुपये बच रहे, तबतक उसकी चाल की शान भी मिट चली थी। फ़िकरेबाज़ी और हाज़िरजवाबी उसे सूझती ही न थी। जो आशा आनेवाले बच्चे का सहारा लेकर जन्मी थी, वह उसके जन्म से पहले ही खिसक चली। अब तो आनेवाले बच्चे से रजत को डर-सा लगने लगा।

छठा महीना अभी पूरा भी नहीं हुआ था कि सयाने की मानिन्द आनेवाले

बच्चे ने अपना मुक़ाम बदल लिया। गर्भ के बच्चे ने आखिर छह महीने यह तमाशा देखा था, उसकी वहाँ निभ पानी कठिन थी।

फ्री जनाना अस्पताल के जनरल वार्ड में, रजनी ने प्रसव की पूर्ण वेदना भोग, प्रजनन का अद्‌भुत अनुभव प्राप्त कर, एक मृत, अपूर्ण बच्चे को जन्म दे, मातृपद से छुट्टी पा ली। बच्चे ने पैदा होने से लेकर मृत्युघाट तक केवल पौने छह रुपये व्यय करवाये थे, जो उसके क्रिया-कर्म में लगे थे। वैसे माँगता तो पण्डित पूरे आठ रुपये था, परन्तु बच्चे का लघु आकार इंगित करते हुए आम आदमी ने सौदा पौने छह पर पटा लिया था।

• •

पावरोटी और कटलेट्स

वह एक रेस्तराँ था, दिल्ली शहर के दिल में बसा हुआ। खुले आस्माँ के नीचे, बिना छत और दरो-दीवार के। ग़लीचे के नाम पर हरी दूब का मखमली फ़र्श दूर तक बिछा हुआ। ऊपर उठती, सर्पीली सड़क का सहारा लेकर रेस्तराँ शाख़ पर नशेमन की भाँति टिका था। यहाँ बैठकर, सब तरफ़ की चौड़ी मसरूफ़ सड़कें नज़र आती थीं और उन पर आते-जाते बेशुमार लोग, मोटर-कारें, स्कूटर, बसें और जाने क्या-क्या। यहाँ बैठे लोग उस भीड़ का हिस्सा न होकर केवल तमाशाई होते। फ़िलहाल उन्हें सड़क पार करने के लिए मौत की तरह मुँह खोले राक्षसी गाड़ियों को चकमा देने की ज़रूरत नहीं थी। वह इस ठेलपेल से दूर रेस्तराँ की टेबुल पर ख़ूब सुरक्षित बैठे थे। सामने का फ़व्वारा पानी को ख़ूब ऊँचा उछाल रहा था। शाम के उजाले में पानी का रंग आस्माँ से जा मिलता और फ़व्वारा एक मुबहम अक्स-सा नज़र आता। उछलता-गिरता, छलछलाता पानी फ़िज़ाँ में ताज़गी भर देता। खुला आस्माँ और ज़िन्दगी का असल नज़ारा रेस्तराँ को आराइश के लिए हासिल था, इसीलिए उसके मालिक ने उसे ढेर सारे चिराग़ों के अलावा दूसरी किसी चीज़ से न सजाया था। चिराग़ों के देसी जिस्मों के अन्दर जब बिजली की रोशनी दमकती, तो वह दुकानों की रोशनी, इश्तहारों की नियॉन-लाइट और सड़क के बिजली के खम्भों को भी अपने में शुमारकर रेस्तराँ को जगमगा देते। तब वहाँ बैठे लोगों के पीले, फीके चेहरे इस जश्ने-चिराग़ाँ में नहाकर सुनहरे हो जाते। इन्सान अँधेरे से हमेशा से घबराता आया है। ढेर-सी रोशनी में उसका दिल बेख़ौफ़ हो ख़ुशी से भर उठता है। एयर-कण्डीशण्ड दफ़्तरों, घुटन-भरे घरों और बन्द रेस्तराँओं से ऊबे लोग वहाँ की दिलफ़रेब खुली फ़िज़ाओं का मज़ा लेते रहते। बड़ी राहत मिलती है, साहब, कुछ देर अगर सिर पर छत न हो और चारों तरफ़ क़ैदी दीवारें न हों, सामने बन्द दरवाज़ा न हो। तभी न, इस रेस्तराँ में हरदम लोग भरे पड़े रहते।

भूख ! जो कि एक निहायत बदसूरत इन्सानी खासह है और जिसको दिलचस्प बनाने के लिए इन्सान को चटोरी ज़बान बख़्शी गयी है, वही भूख बदसूरती और बेसब्री से ऊँचे उठकर यहाँ एक फ़न बन गयी है। चमकते काँटे की नोक पर, सलीक़े से निवाला टिकाकर, ज़रा-सा मुँह खोलकर, सब्र से मुँह चलाकर लोग बड़ी नज़ाकत से टुकड़ा खाया करते। इस वक़्त अगर ये लोग सड़क के पार खड़े भूखे बच्चों को खाने की चीज़ मिलते ही उस पर एक एमरजेंसी की हालत में झपटते, एक ही कौर में उसे निगलकर, भूख से कुलबुलायी आँखों से खानेवालों को ताकते देख पाते तो ज़रूर उनकी तमाम भूख चौपट हो जाती। मगर वे उस तरफ़ नज़र पड़ने ही नहीं देते थे, या पड़ते ही हटा लेते थे। सर्पीली सड़क की मुँडेर पर कई कमसिन जोड़े भी हम-आग़ोश बैठे रहते।

रेस्तराँ के क़दमों में बिछे घास के ग़लीचे पर भी आशिक़-मिज़ाज जोड़े तरह-तरह के पोज़ में बैठे रहते। सड़क के दूसरे छोर पर गाड़ियाँ खड़ी करने का इन्तज़ाम था। मोटरों के इर्द-गिर्द अख़बार बेचनेवाले लड़के मँडराया करते थे, जिनकी भूखी नज़रों से शरीफ़ों की भूख खराब होने का डर बना रहता था। वहीं एक छोटा-सा, काला-सा लड़का, मटमैले कपड़े पहनकर 'ईवनिंग न्यूज़' बेच रहा था। उसका अखबार बिक नहीं रहा था। तभी एक मेम साहब गाड़ी पर से उतरीं। छोकरे ने लपककर अखबार बढ़ाया। मेम साहब से 'न' कर दी। लड़का फिर भी पीछे दौड़ा। इस बार मेम साहब ने झिड़क दिया :

"बाबा, अखबार नहीं चाहिए लो, यह दस पैसे ले लो और जान छोड़ो।"

लड़का फिर भी अखबार बढ़ाता रहा और बुदबुदाता रहा, "मैं भीख नहीं लेता। अख़बार ले लो, बड़ी भूख लगी है।"

मेम साहब तपाक् से बोलीं, "नहीं लेता तो न ले। अख़बार हाथ में लिये-लिये थोड़ी फिरूँगी अब मैं।"

लड़का मायूस हो दूसरा ग्राहक ढूँढ़ने लगा। मेम साहब पल्ला झाड़कर रेस्तराँ में दाख़िल हुईं और टेबुल रोककर बेज़ार-सी बैठ गयीं। कुछ देर बाद सूट-बूट में एक साहब आये और उनकी बग़ल में इत्मीनान से बैठ गये। साहब को देखते ही मेम साहब तरह-तरह के नखरे दिखाने लगीं। साहब बुत बने बैठे रहे, सिगरेट के क़शों के बीच इधर-उधर देखते रहे। दिन-भर की ऊबी हुई मेम साहब शाम के चन्द लमहे सरशार कर लेने पर आमादा थीं। उनकी हँसी-खुशी की नक़ल जारी रही। साहब ने उसमें कोई शिरकत नहीं दी। बेयरा कुरकुरे, गरमागरम कटलेट्स ले आया। भाप उड़ाती कॉफ़ी भी ले आया। मेम साहब ने अदा से चुस्की भरी और चुटकी ली :

"देखा, कितनी बढ़िया कॉफ़ी है ! वही अँगरेज़ी की कहावत की तरह—रात-सी काली, नरक-सी गरम और प्यार-सी तेज़।" मेम साहब की अकेली हँसी

यहाँ से वहाँ तक बिखर गयी। साहब की भूख मरी हुई थी और आखिर तक मरी ही रही। बिल आने पर ही उनकी हरकत तेज़ हुई, जैसे बिल अदा करने के लिए ही वहाँ आकर बैठे हों। साहब-मेम साहब दोनों उठकर बाहर आने लगे। मेम साहब अब भी अपनी धुन में साहब को कोई दिलचस्प वाक़या सुना रही थीं। अख़बारवाले छोकरे को इस बीच दो-तीन ग्राहक मिल गये थे। वह एक पावरोटी ख़रीद लाया था। खाने से पहले बड़े चाव से उसे देख रहा था, तभी सामने सजी-धजी मेम साहब दिखलाई पड़ गयीं। लड़के से रहा न गया। इसी मेम साहब ने कुछ देर पहले, उसकी छोटी-सी इज़्ज़त की धज्जियाँ उड़ाकर उसे भीख देनी चाही थी, जबकि रोज़ वह आँतें फाड़ देनेवाली भूख को बर्दाश्त करके भीख के लालच को तब तक दबाये रखता, जब तक कि अख़बार बेचकर कुछ सिक्के उसकी जेब में आ ही नहीं जाते। छोकरे ने आवाज़ कस ही दी :

"ऐ मेम साहब !"

मेम साहब ने मुड़कर देखा।

"ऐ मेम साहब ! पावरोटी खाओगी ?"

कहकर वह वाक़ई पावरोटी को बीच से आधी करने लगा।

मेम साहब एकदम से घबराकर गाड़ी की ओर लपकीं। साहब ने पल-भर को घूरकर छोकरे की ओर देखा, फिर आगे बढ़कर अपनी एक साल से रोज़ पुरानी पड़ती बीवी के लिए गाड़ी का दरवाज़ा खोल दिया। छोकरा हँसने लगा। गाड़ी खिसकने लगी।

छोकरा हँसते-हँसते मुँह में पावरोटी ठूँसे जा रहा था। पावरोटी के सख़्त, सूखे निवाले को चबाकर जब वह सटकने लगता, तो पल-भर को उसकी हँसी रुक जाती और अगले ही पल वह फिर से हँसने लगता।

● ●

नागपाश

"ऐ मेरे बच्चे, मेरे लख़्ते-जिगर, तू पैदा न हो!" किसी शायर ने कहा था शायद, याद नहीं पड़ रहा किसने। पूजा के फूल कृष्णजी की मूर्ति पर चढ़ाते समय आज अचानक यही मिसरा शिवानी को याद हो आया। यूँ तो शिवानी पूजा समाप्त करके रोज़ ही अपने मन की प्रबलतम अभिलाषा, एक गुदगुदे-से स्वस्थ बच्चे की अभिलाषा, फुसफुसाकर भगवान् से कहती। इस इच्छा की माँग करते समय तन्मयता से उसकी आँखें बन्द न रह पातीं। वह उन्हें पूरा खोलकर भगवान् की प्रतिमा की अचल आँखों से आँखें मिलाकर ही कहती, मानो भगवान् को चुनौती दे रही हो कि "भगवान्, इतना दुख मुझे देने के बाद क्या तुम मुझसे आँखें मिलाकर मेरी यह छोटी-सी इच्छा ठुकरा सकोगे?" कभी तो उसे लगता कि पत्थर की प्रतिमा का सहारा लेकर ही भगवान् उसकी दृष्टि को झेल पाते हैं। हाड़-मांस के रूप में यदि वह सामने होते, तो शिवानी के सम्मुख अपने को इतना अपराधी महसूस करते कि शायद उससे नज़रें नहीं मिला पाते।

और, एक दिन, पत्थर की मूर्ति के अन्दर छिपकर ही भगवान् ने उसके मन की इच्छा पूरी की थी। उसके गर्भ में जो अंकुर फूटा था, उसने उसके शरीर में एक अजीब शिथिलता भर दी। शरीर जैसे उसका अपना नहीं रह गया था। उसमें पलते शिशु-मानव का आश्रय-मात्र रह गया था—उस पलते-बढ़ते शिशु का पालक-रक्षक। बोझिल-बोझिल क़दमों में एक गरिमा आ गयी थी। वक्ष की सुडौलता पर मातृत्व की स्निग्धता छा गयी थी। फिर मन के उल्लास पर अचानक भय का अन्धकार छा जाता। इस आनेवाले शिशु के कल्याण की शंका, अपनी सुरक्षा का भय! "हे भगवान्, यह ठीक नहीं हुआ, नौ महीने की लम्बी अवधि कैसे गुज़रेगी? कैसे जन्म होगा इसका? कैसे पलेगा इस वातावरण में? दुख झेलने को एक और निरीह प्राणी आ

जायेगा ! वह भी मेरी ही तरह इस विषम जाल में फँस जायेगा। उस विवेकहीन पुरुष से एक और प्राणी का सम्बन्ध स्थापित हो जायेगा – बाप और बेटे का रिश्ता। फिर वह भी मेरी तरह उस रिश्ते को कभी नहीं तोड़ पायेगा। इलैस्टिक की तरह वह रिश्ता भी खिंचता रहेगा, इलैस्टिक तो एक सीमा के बाद टूट जाता है पर यह रिश्ता नहीं टूट सकेगा। वह भी दुख के दलदल में धँसता चला जायेगा – बाहर निकलने को शायद हाथ-पाँव भी नहीं मारेगा—मेरी ही तरह !"

और, आज भगवान् की मूर्ति पर फूल चढ़ाते समय पता नहीं अर्धचेतन मन की कौन-सी परत पर से तैरता हुआ यह मिसरा उसके मस्तिष्क में कौंधने लगा, 'ऐ मेरे बच्चे, मेरे लख़्ते-जिगर, तू पैदा न हो।'

पूजा से उठकर शिवानी सीधा बिस्तर पर जा पड़ी। अर्ध-चेतन-सी वह पड़ी रही। एक-एक करके स्मृतियाँ आती रहीं, जाती रहीं। बेतरतीब, बिना क्रम के स्मृतियों के टुकड़े सपनों-से आँखों में तैरते रहे।

वह गर्मियों के अवकाश के बाद कॉलेज का खुलना। बी० ए० के परीक्षा-दिवस की घुटन, और परीक्षा-फल के आने की घबराहट से मुक्त, उल्लसित लड़के-लड़कियाँ। भविष्य की कल्पना से तरंगित, विश्वस्त छात्र-छात्राएँ। एडमिशन की गहमा-गहमी। एम० ए० की कक्षा में आते अन्य कॉलेजों के नये-नये चेहरे। शिवानी को सबकी बधाइयाँ—वह बी० ए० में इंगलिश ऑनर्स में सर्वप्रथम आयी थी। नये छात्रों का उसे देखकर विस्मित होना, फिर उनकी फुसफुसाहट, कभी धीमी, कभी रंगमंच पर सुनाई पड़नेवाली-जैसी—'यह बी० ए० में फर्स्ट-क्लास-फर्स्ट। यार, लगती तो 'स्टूडियस टाइप' नहीं। काफ़ी 'ग्लेमरस' है।' सुनकर शिवानी को हँसी भी आती और गर्व भी होता। सुन्दर, आकर्षक देहयष्टि और तीखे नयन-नक़्श को सुरुचिपूर्ण ढंग से सजाने-सँवारनेवाली किशोरी को क्या बुद्धि-हीन होना चाहिए ? कुशाग्र-बुद्धि छात्रा को क्या अपनी देह में रुचि होनी ही नहीं चाहिए ? या फिर, शिवानी की उन्मुक्त कल-कल करती हँसी, जीवन को भरपूर जीने की उत्कण्ठा ही शायद 'स्टूडियस-टाइप' की छवि से मेल नहीं खाती।

अचानक शिवानी की उस हिलोरें लेती कल-कल-छल-छल करती नदिया में एक पत्थर आकर गिरा, जिसने उसकी तरंगों को क्षत-विक्षत कर दिया और उसके वक्ष को चीरकर उसमें समा गया। प्रशान्त उसी कक्षा का छात्र था। सुदर्शन भी था, प्रफुल्ल-मन भी। जीवन को हलका मज़ाक समझनेवाला। कक्षा में प्रोफ़ेसर साहब का लेक्चर सुनते-सुनते उसी प्रशान्त की नज़र अक्सर शिवानी के मुख पर टिक जाती। जैसे किसी खानाबदोश के आवारा क़दम अचानक अपनी मंजिल पा जायें, ऐसे ही वे नज़रें फिर वहीं बँधी रह जातीं, शिवानी की झुकी पलकों पर

दस्तक-सी देती हुईं। शिवानी जब अपनी पलकों को ऊपर उठाती तो उन आँखों का भावावेश देख सिहर उठती। उन आँखों का सराहना-भरा अनुरक्त, विवशभाव उसे विस्मृत कर देता। प्रशान्त मानो उसके व्यक्तित्व के सूक्ष्मतम अंश को अपनी स्मृतियों में बसा लेना चाहता। वह अपने को बहुत महत्त्वपूर्ण अनुभव करने लगी। उसका साज-सिंगार, वेशभूषा, यहाँ तक कि साड़ी का किनारा और चूड़ी का रंग, सभी कुछ जैसे नित्य-नवीन रूप से एक महत्त्वपूर्ण घटना बन जाते, प्रशान्त की ठहरी हुई निगाहों के लिए। शिवानी के मुख का हर भाव, हर नक़्श प्रशान्त के मानस-पटल पर गहराई से अंकित हो गया था। बहुत ऊँचे पैडेस्टल पर शिवानी अपने को प्रतिष्ठित पाती। हर दिवस दोनों के लिए एक नयी अनुभूति लेकर आता। प्रशान्त की अनुपस्थिति में शिवानी के लिए जीवन केवल श्वेत और श्याम 'स्केच' भर रह जाता और उसके आते ही उस 'स्केच' में अनेक उत्तेजनापूर्ण अनुराग-भरे रंग भर जाते। जीवन के बाक़ी क्षण केवल उन्हीं क्षणों के दास बन गये थे जो वह दोनों साथ गुज़ार पाते। केवल वही क्षण जीवन्त और सार्थक थे, बाक़ी केवल उन क्षणों की प्रतीक्षा के लिए बने थे। दिन पंख लगाकर उड़ने लगे थे। सुनहरे, धूप में झिलमिलाते दिन।

फिर एक रोज़ शिवानी ने इस प्रसंग को लेकर अपने माँ-बाप का सामना किया। प्रशान्त की बात कहते समय उसे कोई लज्जा नहीं आयी थी, जैसे प्रशान्त से उसके विवाह की बात बहुत ही सहज-स्वाभाविक हो। प्रशान्त के घर में भी इस बात को लेकर कहा-सुनी हुई थी, पर किसी का कहा-सुना उन दोनों को छूता ही नहीं, चेतना की ऊपरी सतह पर से गुज़र जाता, महत्त्वहीन, निरर्थक बात-सा। महत्त्व की बात केवल यही लगती कि कब वे दोनों समाज की निर्लज्ज, अवाक्, ढीठ नज़रों से परे, चौराहों, रेस्तराओं, सिनेमा-घरों की बेपर्दा मुलाक़ातों से मुक्त, 'घर' की पावन चहारदीवारी के मधुर एकान्त में मिलेंगे।

माँ-बाप की टीका-टिप्पणी, 'प्रशान्त बहुत ग़लत मायनों में मॉडर्न है', 'वह पीने-पिलाने का शौक़ीन है', 'अल्हड़ नवयुवक-सा है', 'वह उत्तरदायित्व को नहीं समझता, उच्छृंखल है', 'उसके व्यक्तित्व में गम्भीरता नहीं है' आदि—आदि सब शिवानी को बहुत ही बेकार-से वाक्य लगते।

उन व्यंग-भरे, तीखे, निराश शब्दों के स्थान पर प्रशान्त के साधारण संवाद भी कितने सरल, प्रेम में पगे थे। प्यार के वे शब्द ही दिन-रात उसके मन में छटपटाते रहते :

"शिवा, तुम कितनी मोहक हो—कितनी सुन्दर!"

"मैं सुन्दर नहीं हूँ प्रशान्त, सच कहो, हूँ क्या? अच्छा, तुम्हें मेरे चेहरे पर कौन-सा नक़्श अधिक अच्छा लगता है?"

"तुम्हारी आँखें.."

"बड़ी नहीं हैं, मैं जानती हूँ।"

"हुंः, नहीं हैं। मुझे कटोरे-जैसी आँखें अच्छी भी नहीं लगतीं। तुम्हारी आँखों की गहराई कितनी अर्थपूर्ण, कितनी मादक बना देती है तुम्हारी दृष्टि को, और तुम्हारा रंग···"

"गोरा नहीं है, यही न ?" शिवानी पूछती।

"न सही, बादामी तो है, बल्कि ताँबई है। नहीं, सोने-जैसा।"

"माँ उसे गेहुँआ कहती हैं।"

"गेहुँआ ही सही। हर शै से तबीयत भर सकती है, पर एक गेहूँ से ही नहीं भरती और तुम्हारे ये बाल ·"

"उँह, ये लम्बे नहीं हैं, सिर्फ़ कमर तक ही आते हैं।"

"पर चित्र पर फ्रेम की तरह तुम्हारे चेहरे और ग्रीवा के किनारों को कितना गौरवमय और आकर्षक बना देते हैं, और उनकी ख़ुशबू।"

और प्रशान्त शिवानी के लहराते बालों में मुँह छिपाकर मदहोश हो जाता। किसी की आहट पर फिर यह तन्द्रिल जादुई क्षण बिखर जाता। स्मृतियों में शिवानी उन्हीं क्षणों को समेटकर जीती रहती।

उन दिनों बात-बात पर शिवानी और शैलजा के बीच बहस छिड़ जाती। प्रेम को लेकर; कामकाजी नारी के घर, बच्चों व पति के प्रति दृष्टिकोण को लेकर; ममता और बच्चों की परवरिश, यहाँ तक कि नयी पीढ़ी की नयी समस्याओं को लेकर भी। हर विषय पर अलग विचार रखना और उन्हें एक-दूसरे पर थोपते रहना जैसे उनके लिए एक खेल-सा था। विचार-मतभेद से दोनों के बीच कभी कोई कटुता नहीं आती। एक रोज़ शैलजा प्रशान्त के व्यक्तित्व को ही ले बैठी।

"शिवा, तुझे प्रशान्त का 'मॉडर्न सोसाइटी' के हर रंग से अपने को एकाकार कर लेना अच्छा लगता है ?" शैलजा ने पूछा।

"यदि प्रशान्त 'मॉडर्न सोसाइटी' से इतना प्रभावित होता तो वह मेरी ओर आकर्षित ही क्यों होता ? मैं तो अपने पहनावे, साज-शृंगार से भारतीयता का ही आभास देती हूँ।" शिवा ने कहा।

"उँह, वह तो 'अँपोज़िट पोल्स अट्रैक्ट ईच-अदर' वाली कहावत का प्रमाण भर है—मगर इस विपरीत के आकर्षण में प्रशान्त अपने व्यक्तित्व को डुबो देगा, यह तुमने कैसे समझ लिया ? बात केवल पहनावे तक की नहीं है शिवा, उसका हर ख़ुशी के मौक़े को छलकते जाम से ही 'सैलीब्रेट' करना क्या तुम्हें भाता है ?" शैलजा ने फिर आपत्ति की।

"वह तो केवल एक ख़ुशी का 'एक्सप्रैशन' है जो और नवयुवकों को करते देख वह भी करता है।" शिवा ने उत्तर दिया।

"यानी तुम्हारा प्रशान्त इतना 'इम्प्रैशनेबल' है कि डरता है यदि वह वही सब

कुछ न करे जो 'मॉडर्न यंगमैन' करता है तो दक़ियानूसी क़रार दिया जायेगा ?" शैलजा का प्रश्न हुआ।

"हो सकता है शैल, प्रशान्त अभी कुछ 'इमेच्योर' हो।" शिवा प्रशान्त पर किये गये प्रहार को बचा रही थी।

"तुम्हारे खयाल से शिवा, जाम उँडेलना खुशी का 'एक्सप्रैशन' भी है और दुःख का साथी भी ?" शैलजा ने टोका।

"हाँ, पर हरेक के लिए नहीं। दुःख से 'एस्केप' लिखने-पढ़ने में, समाज-कल्याण कार्य में भी ढूँढ़ा जा सकता है। दुःख से सभी पागल नहीं हो जाते और सभी शराबी नहीं। यह तो अपने चरित्र और व्यक्तित्व पर निर्भर है।" शिवा ने आगे कहा।

"यानी खुशी भी दुःख की ही तरह मनुष्य विभिन्न प्रकार से व्यक्त करता है, उसके लिए पीना-पिलाना ही आवश्यक नहीं।"

"हाँ, हो सकता है। पर फ़िलहाल प्रशान्त अपनी प्रसन्नता जाम उँडेलकर ही व्यक्त करता है। सम्भव है, आगे जाकर वह ऐसा न महसूस करे।"

"यानी आप उन्हें 'रिफ़ॉर्म' कर लेंगी और वह हो जायेंगे ?" शैलजा का तर्क था।

"इसमें 'रिफ़ॉर्म' करने-जैसी कोई बात नहीं शैल ! तरुण युवक हर दौर में से गुज़रता है—यह भी एक दौर है—अपने-आप गुज़र जायेगा।"

शिवा के होंठों की मिची लकीर तब इंगित कर देती कि यह बात समाप्त हो गयी है और शैल फिर कोई हलकी-फुलकी बात छेड़ देती। हँसी के क़हक़हों में जीवन की जटिलता कहीं खो जाती और दोनों फिर वैसी ही हलकी हो जातीं।

फिर, आखिर वह दिन भी आ गया जो दो बरस की मनुहार, ज़िद, धमकी और आँसुओं के बाद माँ-बाप को मनाकर लाया गया था— प्रशान्त और शिवानी के गठबन्धन का दिन। लगता था, एक परियों की कहानी का सुखान्त होनेवाला है। उनकी युगल-जोड़ी देख सूखे दिनों पर भी ठण्डे छींटे-से पड़ते थे। उनका रोमांस औरों को भी रोमांचित कर जाता। विवाह के पश्चात् शिवानी के शुभ-चिन्तकों ने राहत की साँस ली थी—"चलो सब ठीक हो गया, यदि यह विवाह न होता, तो कितनी बड़ी ट्रेजेडी हो जाती।" जीवन को भरपूर जीनेवाली शिवानी के जीवन में प्रेम अपनी भरपूर शक्ति लेकर आया था।

उसके आवेश को नकारा नहीं जा सकता था। "यदि यह विवाह न होता, तो कितनी बड़ी ट्रेजेडी हो जाती।" किसकी आवाज़ थी ? किसने कहा था यह ? आज यह शब्द किसी कॉमेडी की कौमिक लाइन्स-से लगे शिवानी को। कैसा व्यंग्य था —कितना तीखा ! बिस्तर पर पड़ी हुई आज की शिवानी और कॉलेज की शिवानी में कुछ कम ही समानता रह गयी थी। उसी से आखिर शिवानी का

विवाह हो गया था, जिसके बिना जी नहीं सकती थी। उसी को समाज ने उसका जीवन-साथी बन जाने की सहर्ष अनुमति दे दी थी। यही तो शिवानी की 'ट्रेजेडी' थी।

···मालूम नहीं, शैलजा आज कहाँ होगी? उसकी सहपाठिनी—शैलजा! शैलजा का आँसुओं से भरा चेहरा उसके सामने घूम गया। लाल, सूजी हुई आँखें, काँपते होंठों से कह दिया था, 'जैसी आपकी मर्ज़ी!' और शैलजा का विवाह उस पतले-दुबले, छोटे क़द के अनाकर्षक व्यक्ति से हो गया था, जिसे उसके भाई-भावज ने उसके लिए चुना था। उसके पति का नाम भी कितना फीका था—'सत्यबोध'। उस नाम को तोड़-मोड़कर, छोटा करके भी मधुर नहीं बनाया जा सकता था। राकेश के ऊँचे क़द, चौड़ी छाती और उन्नत ललाट के बाद कैसे शैलजा को यह मुन्हैना-सा इन्सानी पसन्द आया होगा! शादी की तैयारियों के बीच कैसी उचाट-मन फिर रही थी शैलजा। राकेश तब भी उस घर में आता-जाता रहता था। राकेश तो बस अपनी मँगेतर की तारीफ़ों के पुल बाँधता रहता। शैलजा चुपचाप सुनती रहती। कहती भी क्या? वह तो सीधे-सादे चेहरे-मोहरे की थी। राकेश से उसका व्यक्तित्व मेल ही नहीं खाता था। राकेश को तो 'रोशनी'-जैसी फुलझड़ी ही पसन्द आ सकती थी। शैलजा में वह चौंध पैदा कर देनेवाली अग्नि-शिखा की लपट नहीं थी—यह वह स्वयं भी जानती थी। गौरवपूर्ण होते हुए भी उसका चेहरा इतना आकर्षणविहीन क्यूँ लगता था? शिवानी सोचती रही। राकेश भी सदा शैलजा से बहिन का-सा व्यवहार करता, जबकि क़रीब-क़रीब हर किशोरी के हाव-भाव देखकर उसकी आँखों में चमक आ जाती और वह इतराने लगता। मालूम नहीं, शैलजा बेचारी कैसी होगी? शायद वक़्त ने उसके ज़ख़्म भर दिये हों। क्या अब भी वह जीवन से कटी-कटी जी रही होगी?

सोचते-सोचते न जाने कितना वक़्त गुज़र गया। कॉलबैल की तीव्र, आवाज़ सुनकर वह एकदम चौंककर उठी। तेज़ी से उठने के साथ ही एक तीखे दर्द की लहर-सी उसकी नाभि के नीचे, बायीं ओर को दौड़ गयी। शायद फिर 'क्रैम्प' पड़ गया था। कल 'मेडिकल चेकअप' के लिए जायेगी। 'क्रैम्प'वाली जगह पर हथेली रखे उसने धीरे-से जाकर दरवाज़ा खोला। सामने मिसेज़ सिन्हा दिखलाई दीं। साड़ी ज़मीन से दो-तीन इंच ऊपर को झूल रही थी, ब्लाउज़ जिस्म पर से जैसे बह रहा था, बाल छितराये हुए, गोद में प्यारी-सी बच्ची थी। दरवाज़ा खुलते ही पालतू बिल्ली की तरह वह अन्दर दाख़िल हो गयीं। सीधे 'बेड-रूम' में जाकर, आलथी-पालथी मारकर पलंग पर जम गयीं। ब्लाउज़ के बटन खोलकर बच्ची के मुँह में दूध दे दिया। फिर बड़ी उत्सुकता से शिवानी की तरफ़ गपशप के 'मूड' में देखने लगीं।

मिसेज़ सिन्हा के कॉल-बैल दबाने पर दरवाज़ा खोलने के बाद 'आइए' और 'बैठिए न' शब्द बिलकुल व्यर्थ हो जाते थे। इन शब्दों के उच्चारण के पहले ही वह अन्दर दाखिल हो जातीं और सबसे आरामदेह जगह पर पसर भी जातीं। उनकी मजलिस में कभी शिवानी को 'अरे बैठिए न, अभी से चल दीं' जैसे औपचारिक शब्दों के सदुपयोग की आवश्यकता नहीं पड़ती। क्योंकि वह आकर तभी अपने को समेटतीं, जब उनका और बैठना नामुमकिन हो जाता, यानी दोपहर का खाना खाने प्रशान्त घर आ जाता। खुले दरवाज़े के बाहर से ही उसकी रूखी पुकार 'शिवानी, खाना लगाओ, बहुत जल्दी है' सुनाई पड़ जाती। तब ही मिसेज़ सिन्हा, लतर-पतर अपना आँचल और बच्ची सँभालतीं। किन्तु जाने के पहले एक नज़र प्रशान्त के चेहरे पर अवश्य डालती जातीं। प्रशान्त की लाल अंगार-सी आँखें जैसे अब भी नींद में भारी हों। भिंचे हुए होंठों की पतली लकीर, चिपकें गालों की उभरी हड्डियाँ। एक जगह खड़े होने पर भी आगे-पीछे हिलते, झुके हुए कन्धे, क़दम उठाने पर डगमग चाल, कुछ भी उनकी निगाह से छिपा नहीं रहता। लंच-टाइम पर दफ़्तर से क्या आदमी इस शक्ल में आता है? यही मिसेज़ सिन्हा की सूरत पर पढ़ते हुए शिवानी खाना परोसने उठती। हवा के झोंके के साथ शराब की बदबू का एक भभूका उठता और प्रशान्त के इर्द-गिर्द मँडराता रहता।

खाने में नुक़्स निकालते हुए कभी प्रशान्त एकदम चीख पड़ता। कभी झन्न से कटोरी फ़र्श पर पटक देता। कभी पानी का गिलास अपने-आप ही उसके हाथ से फिसलकर फ़र्श पर चकनाचूर हो जाता। प्रशान्त धीरे-धीरे, एक-एक कौर चबाता। खाते-खाते कभी-कभी उसे उबकाई आ जाती और वह खाना छोड़ 'वाश-बेसिन' की ओर भागता। खाना पड़ा रह जाता। शिवानी वहीं बैठी उसके क़ै करने की 'औ-औ' सुनती रहती। क़ै के बाद प्रशान्त निढाल-सा बिस्तर पर लुढ़क जाता और सो जाता। उस रोज़ फिर दोबारा दफ़्तर जाना नहीं हो पाता।

आज भी बच्ची चुसर-चुसर दूध पी रही थी। मिसेज़ सिन्हा एक हाथ से अपना स्तन थामे लगातार बोले चली जा रही थीं। घर का कुछ काम समेटने और कुछ फैलाने के बाद उनका यही समय सबसे फ़ुरसत का होता था। वह मन-बहलाव के ये क्षण पूरी उत्सुकता से बिताती थीं। सब्ज़ीवाली महरी, जमादारनी, सबसे खट-खट करने के बाद शिवानी की ज़िन्दगी उन्हें जासूसी किताब की तरह दिलचस्प लगती और वह मज़ा ले-लेकर उसके पन्ने उलटती रहतीं।

"क्यों जी, अपने प्रशान्तजी की तनख़्वाह हज़ार-बारह सौ तो होगी?"

"हाँ, है।" शिवानी कहती।

"सारी तनख़्वाह तुम्हारे ही हाथ में देते हैं कि नहीं?"

"नहीं···सारी नहीं।"

"क्यों?" 'क्यों' को काफ़ी खींचकर मिसेज़ सिन्हा सवाल करतीं।

तब शिवानी पलक उठाकर उस कम-पढ़ी, फूहड़ औरत को देखती, जिसकी हथेली पर उसका पति सारी-की-सारी तनख़्वाह रख देता होगा। उसका मन मिसेज़ सिन्हा की 'क्यों' का उत्तर देने को चाहता, "क्यों ! तुम्हें क्या दिखाई नहीं देता — शराबी को सबसे ज्यादा ज़रूरत पैसे की होती है और अपनी इस ज़रूरत के सामने वह किसी और की ज़रूरत को नहीं समझ पाता।"

मिसेज़ सिन्हा तब सद्‌बुद्धि देतीं, "हमसे तो तुम मीठा ही बोलती हो, फिर प्रशान्तजी के आने के बाद घर में ज़रा हँसी-ख़ुशी का माहौल रखा करो न।"

शिवानी बोलती कुछ नहीं। मन में कहती, "तुम सिन्हा साहब को दो रोज़ के लिए मेरे यहाँ छोड़कर देख लो न—मैं हँसी-ख़ुशी से उनका मन बहला सकती हूँ कि नहीं।" फिर सुनाई पड़ता, "देखने में तो तुम अच्छी-भली हो, फिर भी प्रशान्तजी का शराब के साथ-साथ कोई और चक्कर भी तो नहीं हो गया ?"

शिवानी जवाब देना चाहती : "देखने में तो तुम अच्छी-भली बिलकुल नहीं हो, फिर सिन्हा साहब का कोई चक्कर क्यों नहीं हो गया ?" पर ज़ुबान उसकी बन्द ही रहती।

"शादी को तीन बरस तो हो गये, किसी लेडी डॉक्टर को दिखाओ न।"

"हूँ। दिखाऊँगी।"

"वैसे तुम तो शाम को सज-धज के प्रशान्तजी का इन्तज़ार करती हो। पढ़ा तो कहीं मैंने भी था ऐसा ही कुछ, पर क्या करूँ, फ़ुरसत ही नहीं मिलती मुझे तो। तुम इतना शौक़ कैसे रख पाती हो ?"

शिवानी का मन खीज उठता, कहने को होती, "क्योंकि प्रशान्त तुम्हारे सिन्हा साहब की तरह नहीं हैं—मैं अगर तुम्हारी तरह बिखरी रहूँगी तो प्रशान्त जी का कोई चक्कर ज़रूर हो जायेगा।"

मिसेज़ सिन्हा आख़िर चली गयीं। शिवानी ने सोचा, प्रशान्त शायद आज खाना खाने नहीं आयेगा। इस ज़ाहिल-काहिल औरत के सामने उसे रोज़ शर्म उठानी पड़ती है, उस कमज़ोरी के लिए जो उसमें ख़ुद में नहीं है—प्रशान्त में है। जिस बन्धन में वह बँधी है, उसके शिथिल होते ही वह सब उलझनों से मुक्त हो सकती है। तलाक़ उसे शराब की दुर्गन्ध-युक्त, नीच हरकतों की दुनिया से मुक्ति दिला सकता है। पर क्या तलाक़ प्रशान्त की समस्या का भी हल है ? उसकी समस्या तो जैसी की तैसी ही रह जायेगी, शायद और भयानक हो जाये। अकेला हो जाने पर भी प्रशान्त शराब के नशे में गिरता-पड़ता रहेगा। कोई कभी आकर तब भी शिवानी को बतला जायेगा, "वह जो तुम्हारा पति था, प्रशान्त, उस हड्डियों के ढाँचे को देखा था, बाजार में बुरी तरह लड़खड़ा रहा था।" तब क्या वह तटस्थ होकर सुन सकेगी ? शादी के पहले के वे तीन साल, जिनमें प्रशान्त

कितना अपना हो गया था, वे तीन साल अतीत से झकझोरकर दूर नहीं फेंके जा सकते ?

और शादी के बाद ? रोज़ ही उसके प्रशान्त में से निकलकर एक अजनबी उसके सामने खड़ा हो जाता। वह उस अजनबी को पहचान नहीं पाती। उसकी भाषा समझ नहीं पाती, उसे अपने दिल का मर्म समझा नहीं पाती। जो हाव-भाव पहले उसके व्यक्तित्व का निजी आकर्षण लगते थे, वही अब चरित्र की कमज़ोरी बन उसके सामने अपना रहस्य खोलने लगे। प्रशान्त के चरित्र का खोखलापन उसके जीवन को खाली करता गया। अब तो कभी-कभी देसी ठर्रा पिये बग़ैर उसका नशा जमता ही नहीं था।

शादी के इन तीन सालों में वह प्रशान्त की परछाईं-भर बनी रही—अपना अस्तित्व भूलकर। प्रशान्त का सम्पूर्ण चरित्र बदलता जा रहा था। वह मनुष्य उसके सामने आत्महत्या कर रहा था, और वह कुछ नहीं कर पा रही थी। सोचते-सोचते उसका माथा भन्ना गया। कॉल-बैल फिर चीख़ उठी। शिवानी ने दरवाज़ा खोला। इस बार धोबन थी। साँवली-साँवली, ढेर-से चाँदी के गहने पहने, नयी नवेली गौने आयी लगती थी, पर सिर्फ़ कपड़े-ज़ेवर से, उम्र से नहीं। आज पहली बार ही आयी थी। इससे पहले धोबी आता था। कजरारी आँखों को मटकाकर धोबन बोली, "बीबीजी, मैले कपड़े जल्दी से निकाल दो। घर जल्दी जाना है। आज 'तीजों' जो है, अड़ोस-पड़ोस की सभी मेंहदी रचावेंगी, ढोलक लेकर बैठेंगी, कुछ गा-बजा लेवेंगी सब, फिर मेले में जावेंगी। अजी, आप तो जयपुर में नयी आयी हो—यहाँ तो बड़ा भारी मेला लगे है तीजों पर, राजाजी की सवारी तो बड़े ठाठ से निकले है—साँझ को तुम भी देख आओ न तनिक।" धोबन बतियाती रही और गट्ठर में से कपड़े अलग करती रही, "लेकिन, बीबीजी, खूब होशियारी से साहब का हाथ थामे रहना, नहीं तो भीड़ में खो जाओगी।"

शिवानी जल्दी-जल्दी कपड़े मिलाने लगी। तभी बाहर से किसी औरत के चीखने की आवाज़ आयी। शिवानी का दिल दहल गया। औरत गुहार कर रही थी, "हाय राम मार डाला ! कोई बचाओ कसाई से !" धोबन लपककर बाहर चली। शिवानी से भी बाहर आये बग़ैर न रहा गया। जमादारिन थी, जो चिल्ला-चिल्लाकर आदमियों को इकट्ठा करे ले रही थी। कुछ ने उसके पति को कसके पकड़ रखा था और उसे समझा-बुझा रहे थे। जमादारिन दूर खड़ी, बुक्का फाड़कर रोये जा रही थी। सब-कुछ देख-समझकर धोबन वापस कमरे में आकर मैले कपड़ों की छाँट करने लगी। शिवानी ने पूछा, "उसे क्या हुआ ?" "कुछ नहीं, बीबीजी, उसके जमादार ने एक-आध झापड़ लगा दिया होय, उसी का हल्ला मचाये रही है। ज़ुबान की तेज़ औरत है, कैंची की तरह ज़ुबान चलावै है, अब मुँहज़ोरी करे तो आदमी को लुगाई पर ग़ुस्सा आ ही जावै है।"

जल्दी-जल्दी गठरी बाँधकर धोबन चल दी। शिवानी को वह रात याद हो आयी, जब नशे में पागल प्रशान्त ने बहस करते-करते तड़ाक-से शिवानी के गाल पर एक तमाचा जड़ दिया था। गुस्से और अपमान से उसका मुख लाल हो गया था। उस अपमान को पीकर झट उसने कमरे की खिड़कियाँ बन्द कर दी थीं, दरवाज़े का परदा खींच दिया था—कहीं किसी ने देख तो नहीं लिया ! क्या सोचेगा कोई ! छीः, ऐसी गँवार हरकत ! और इस जमादारिन ने पल-भर में मुहल्ला इकट्ठा कर लिया। शिवानी ने सोचा, "तो मध्य वर्ग की शिक्षिता महिला ही सबसे अबला है—मान-मर्यादाओं के नीचे कुचली हुई।" शिवानी कपड़े सँभाल रही थी। दरवाज़ा धोबन खुला ही छोड़ गयी थी। शिवानी को बाहर दो आदमियों की तू-तू, मैं-मैं सुनाई पड़ी। जमादारिन का बिसूरना कुछ धीमा हो गया था। एक आवाज़ प्रशान्त की ही थी। दरवाज़े की फाँक से शिवानी ने बाहर झाँककर देखा, दूसरी आवाज़ रिक्शेवाले की थी। वह काला और लम्बा-चौड़ा था, पसीने से लथपथ बनियान छाती से ऊपर तक रोल किये हुए खूब गरम हो रहा था : "बाबू, रेट चाहे कुछ हो, पहले ठहराया होता, कुछ होस भी है, कहाँ-कहाँ से घुमा-फिराकर लाये हो···"

प्रशान्त लहरा रहा था और गरम भी हो रहा था।

"बेईमान कहीं का ! लूट मची है कोई ! जो रेट सारे जयपुर में है, वही दूँगा।"

"रख लो बाबू, अपने पास।" और रिक्शेवाला वाक़ई पैसे बग़ैर लिये ही चल दिया।

हे भगवान् ! शाम की शुरुआत हो गयी। अब देखो, आख़िर क्या होता है।

रिक्शेवाले से निबटकर प्रशान्त आँधी की तरह घर में घुसा और पलंग पर औंधा पसर गया। कपड़े रखकर अलमारी बन्द करते हुए शिवानी ने धीरे से पूछा, "क्या खाओगे ?"

"कोछ नहीं।"

"आज दोपहर भी नहीं आये।"

"हूँ, नहीं आ सका।"

प्रशान्त की आवाज़ अब बुदबुदाती हुई, रेंगती हुई-सी आ रही थी।

"सुनो, तुम्हें कुछ बताना है।" शिवानी ने कहा।

"फिर बताना, इस वक़्त बहुत थका हूँ।"

"नहीं, आज ही। रोज़ सवेरे तुम्हें दफ़्तर की जल्दी होती है, दोपहर को तुम काण्ड मचाकर जाते हो, शाम को फिर नशे में धुत होते हो।"

"चुप रहो। फिर शुरू कर दिया !" प्रशान्त एकदम चिल्ला पड़ा।

और चाहकर भी शिवानी उसे अपनी कोख में मचलते राज़ को न बता सकी। प्रशान्त पत्थर का बुत बना पड़ा था। सारी शाम शिवानी घर में अकेली इधर-से-उधर खटर-पटर करती फिरी। किसी गुलदान के बासी फूल फेंके, किसी राखदानी की राख झाड़ी। कोई तसवीर सीधी की, किसी परदे का उखड़ा हुआ छल्ला सी दिया।

दो अक्षरों का छोटा-सा शब्द—घर। इसी 'घर' को छोड़कर वह कभी जा नहीं सकी। बहुत बार सोचा, अब यहाँ नहीं रहेगी। पर यह घर और यह प्रशान्त उसे ऐसे नागपाश में जकड़े हैं जिससे अपने को वह छुड़ा नहीं पाती। विरक्ति से उठे हुए उसके क़दम, प्रशान्त के एक स्नेहिल चुम्बन ने, कुशलता से सजाये इसी घर के किसी आकर्षक कोने ने रोक लिये हैं। कैसा है यह मोह-पाश ?

कभी-कभी प्रशान्त का नशा जब हलका होता है, वह उसे सिनेमा भी ले जाती है, बाज़ार भी, दावत, शादी-ब्याह तक में भी। हर जगह प्रशान्त सबसे अलग दिखलाई देता है और कोई-न-कोई बेकार हरकत भी कर बैठता है। पर इसके बावजूद शिवानी की ज़िन्दगी की नक़ल जारी है। ज़िन्दगी में जो-जो और करते हैं, वह भी करती जा रही है; किन्तु उसका जीवन सत्य नहीं है, केवल जीवन की नक़ल-भर है !

कितनी ताज़ा याद है। अभी, पिछली दीवाली को ही तो ! त्यौहार की उमंग में आकर उसने असंख्य दीप-शिखाओं से घर को जगमगा दिया था। चारों तरफ़ दीवाली की जगमग, गहने-कपड़ों में दहकती शिवानी और त्यौहार से बेख़बर चीख़ता-चिल्लाता हुआ प्रशान्त। तब भी हार नहीं मानी थी शिवानी ने। उसी समय उसने शादी की सालगिरह भी मनायी थी। आठ-दस चहकते स्वतन्त्र तबीयत के मित्र-दम्पतीयों को रात के खाने पर आमन्त्रित किया था। सब-कुछ भुलाकर कमरों को खूब ही सजाया था। खाने की मेज़ तो नुमाइश-सी लग रही थी। रंग-बिरंगा, कई आकारों में कटा सलाद, ताँबे के शमादान में रौशन मोमबत्तियाँ, कटग्लास की ट्रे में तैरते फूल। चाँदी के बरतनों को भी निकालकर 'सिल्वो' से खूब चमकाया था। ख़ुद भी शिवानी ख़ूब सजी-सँवरी थी। अजन्ता-स्टाइल का बड़ा-सा जूड़ा बनाया था। सब मेहमान ख़ूब बड़े-बड़े गुलदस्ते लेकर पहुँचे थे। उनकी बधाइयाँ, छेड़-छाड़ और क़हक़हों में शाम ख़ूब गुज़री थी। रात के बारह बजे तक जमघट रहा था। जाते-जाते सब चुटकियाँ ले रहे थे। सबको बिदा करके शिवानी मस्त-सी बेड-रूम की ओर चली थी। अंग-अंग से यौवन फूट रहा था। उसके शरीर की रग-रग प्यार माँग रही थी। पहने हुए कपड़ों को अस्त-व्यस्त फेंककर उसने एक प्याज़ी रंग की लेस की नाइटी पहन ली। शीशे में उतरे अक्स ने उसके यौवन की मादकता को दोहराया। तभी बाथ-रूम में झन्न से कुछ गिरा, टूटा और शायद कई टुकड़ों में बिखर गया। उसके हाथ 'नाइटी' की 'बो'

बाँधते-बाँधते थम गये। दिल की धड़कन पल-भर को रुकी, फिर कुलाँचें भरने लगी। तभी बाथरूम के दरवाज़े पर लड़खड़ाता प्रशान्त, क़दम-क़दम मुश्किल से उठाता, कभी दरवाज़े का पलड़ा, कभी अलमारी का सिरा, कभी पलंग का सिरहाना पकड़ता, सहारा लेता अपने पलंग तक पहुँचा और उस पर औंधा हो फैल गया। उसकी मूर्च्छा फिर सुबह ही टूटी थी। शिवानी के अन्तर में भी कुछ टूटा और बिखर गया था। अपने को एकदम से बहुत थका हुआ महसूस किया उसने। अपने बिस्तर पर पड़े-पड़े वह प्रशान्त का हाथ धीरे-धीरे सहलाने लगी थी। बहुत अकेली महसूस कर रही थी वह।

प्रशान्त का हाथ सहलाते-सहलाते ही अनायास उसे ख़याल आया, प्रशान्त की उँगली में एक अँगूठी होनी चाहिए थी जो इस समय उसकी उँगलियों से टकरानी भी चाहिए थी। सगाई की हीरे की अँगूठी—हाँ, वही। पर वह अँगूठी वहाँ नहीं थी। आज तारीख़ क्या है? ओह, महीने का आखिर। सत्ताईस नवम्बर! शादी की सालगिरह। अँगूठी कहाँ गयी होगी, यह पूछना बेकार है। यही सब सोचते-समझते एक छोटी-सी मौत कहीं शिवानी के अन्दर घर कर रही थी। आज रात वह उस मौत का शोक मनायेगी। फिर कल? कल सब-कुछ वैसे का वैसा हो जायेगा। जीने की नक़ल जारी रहेगी।

"शिवानी, खाना लाओ!" प्रशान्त की आवाज़ सुनकर शिवानी चौंक गयी। अरे! आठ बज गये। उनका नशा शायद अब टूटा है, अब खाने की रस्म अदा होगी। दोनों से ही कुछ खाया नहीं जायेगा, पर रस्म तो अदा होगी ही। अपने आपसे कहते हुए वह खाना गरम करने चल दी।

तभी कॉल-बैल एक बार और बज उठी। शिवानी ने ही दरवाज़ा खोला। सामने शैलजा खड़ी थी। उसके पीछे वही छोटा-सा आदमी खड़ा था जो उसका पति था।

"अरे! तू यहाँ कहाँ?" शिवानी के मुँह से निकला।

शैलजा ख़ुशी से उससे लिपट गयी, "मालूम है, तेरा पता तेरे पिताजी के घर से चलाया, और यहाँ पहुँच ही गयी। हम लोग जयपुर घूमने आये हैं, तीनों बच्चों को सास के पास ही दिल्ली छोड़ आयी हूँ—तेरे मिस्टर कहाँ हैं? मिला तो ज़रा···।"

शैलजा का चहकना बीच में ही रोककर शिवानी बोली, "अरे, अन्दर तो आ कि दरवाज़े पर खड़े-खड़े ही सब बताऊँ। आइए सत्यबोधजी, अन्दर आइए।" सब अन्दर चले आये।

शिवानी ने देखा, खूब भर गयी थी शैलजा। कभी आकर्षक न लगनेवाली शैलजा न जाने कहाँ से इतना लावण्य चुरा लायी थी। बात-बात पर शैलजा हँसती और वह मुनहना-सा आदमी बड़े लाड़ से शैलजा की तरफ़ देखता था, जैसे

उसकी एक-एक बात से मोतियों की लड़ी पिरो रहा हो। प्रशान्त भी बैठक में आ गया था—सत्यबोध से हाथ मिलाकर बैठा ही था कि शैलजा फिर चहकने लगी, "अरे, प्रशान्त, क्या ग़ैर-ग़ैर-से मिल रहे हो, तुम्हारी प्रेम-कहानी में तो मिस्टर, मेरा हाथ भी है। मेरे बिना तो शिवानी से मिल भी न पाते ···।" शैलजा बोलती रही और प्रशान्त मन्द-मन्द मुस्कराता रहा। जाने कौन-सी दुनिया की बातें कर रही थी शैलजा। सबने खाना खाया। फिर मिलने का वादा लेकर ही शैलजा और सत्यबोध वहाँ से गये। शैलजा आयी, जैसे ताज़ा हवा का एक झोंका आया, उसके जाने के बाद फिर वही पुरानी घुटन कमरे में भर गयी।

उस रात शिवानी ने स्वप्न में आतुर बाँहें पसार दीं और उसे लगा, एक बहुत ही गुदगुदा शिशु उसमें समाने वाला है और वह लाड़ में, अभी उसे सीने में भींच लेगी। पर वह बच्चा दिखलाई नहीं दिया। सिर्फ़ बाँहों के घेरे के बाहर कहीं उसकी मौजूदगी का एहसास-भर हुआ। बाँहों की आतुरता वैसी ही बनी रही और आँख खुल गयी। पास ही गहरी नींद में सोये पति की छाती से वह लिपट गयी।

"सुनो, मैंने तुम्हें बताया ही नहीं, सुनो, प्रशान्त एक बात···" कोई उत्तर न पाकर वह वैसी ही सुन्न-सी पड़ी रही। न जाने कब उसकी आँख लग गयी।

□□□

वह 'एनेस्थीसिया' की तन्द्रा से हलके-हलके जाग रही थी। एक-दो अस्पष्ट-से वाक्य उसके कानों में पड़े, "इन्हें, अभी खाने को कुछ मत देना—शाम से पहले।" "हाँ, शाम तक यह घर जा सकती हैं।" डॉक्टर की आवाज़ थी शायद।

"बच्चा कहाँ है ?" शिवानी को लगा, इतने से शब्द फुसफुसाते वक़्त उसके होंठ हिल ही नहीं रहे हैं।

"कैसा बच्चा ?" डॉक्टर बोल रही थीं, "अरे भई, आपने तो क्यूरेटिंग कराया है।"

"आप जाइए, डॉक्टर, मैं सँभाल लूँगी।" नर्स के कहने पर डॉक्टर चली गयी। नर्स ने शिवानी का सिरहाना ठीक से लगा दिया। चादर सँवार दी और पास ही कुरसी पर बैठ गयी, बोली, "अब ज़्यादा हल्ला मत करो। चुपचाप आराम करो। तुम्हें मालूम है, गर्भपात अवैध है—तुमपर तरस खाकर ही डॉक्टर मान गयी। तुम तो खुद ही आकर एडवांस पेमेण्ट भी कर गयी थीं। फिर अब क्या हुआ ?" शिवानी चुपचाप सुने जा रही थी। उसे सब-कुछ याद आ रहा था। अपने बच्चे को, जिगर के टुकड़े को तरसती हुई, लँगड़ी ज़िंदगी जीने से बचाने का फ़ैसला उसका अपना था। इसलिए उसे जन्म से पहले ही उस नागपाश

से मुक्त कर दिया, जिससे वह स्वयं जकड़ी हुई थी। आँखों से बहती आँसुओं की झड़ी उसी अजन्मी सन्तान की मौत का शोक मना रही थी जिसे उसने जबरन कोख से निकाल फेंका था। उसके और प्रशान्त के शरीर का खून, उनके प्रणय का प्रेमोपहार, वहाँ उस कमरे की बाल्टी में पड़ा था —और यह उसने स्वयं किया था !

● ●

बीवी और बाँदी

चम्पा का बनाव-सिंगार देखकर यकायक मीनाक्षी के मन में गुदगुदी-सी हो आयी, साथ ही, एक दया की लहर-सी भी उठी। 'स्लीवलेस' ठाठ-बाट में यह वही चम्पा है, जो माथे तक आँचल खींचे, कसे, सपाट, तेल चुआते बालों की रस्सी-सी गूँथ में, उससे आया का काम माँगने आयी थी। किसी भी घर में यह उसका पहला ही काम था। ख़ूब मेहनत से मीनाक्षी ने उसे बेबी का हर काम सिखलाया था। अब तो तेज़ी से चम्पा 'फ़ेरेक्स', 'ऑरेंज जूस', 'फ़ीडिंग बॉटल', 'नैपकिन'—तमाम शब्द सीख गयी थी। उसने बतलाया था, उसका आदमी कहीं चपरासी था। वह उसकी दूसरी पत्नी थी। औलाद न होने की वजह से घर में इकले बैठे जी भी तो नहीं लगता, बस, इसी से आया का काम पकड़ा है, नहीं तो खाने-पीने को तो आदमी की कमाई ही पूरी पड़ जाती है। पर चम्पा थी कुशाग्र-बुद्धि। घर का रहन-सहन और दिनचर्या उसकी समझ में बहुत शीघ्र आ गयी। बड़े लोगों के तौर-तरीक़े उसे कौतुक-भरे लगते। मीनाक्षी को तो वह एकटक सिंगार करते निहारा करती। मीनाक्षी उसका चाव देख, अपनी कोई पुरानी ऊँची एड़ी की सैण्डिल या लिपस्टिक उसे थमा देती। चम्पा का सिर भी अब उघड़ा रहने लगा था। वह हर समय मीनाक्षी की जी-हुज़ूरी में लगी रहती। मीनाक्षी को उससे शिकायत का मौक़ा कम ही पड़ता, पर बेबी उसके पास अधिक न ठहरती। मीनाक्षी सोचती, चलो बाक़ी काम तो यह चटपट निबटा देती है—पड़ी रहने दो यहीं; साफ़-सुथरी है, बोलचाल क़रीने की है, आये-गये की ख़ातिर भी सीख गयी है। एक बेबी ही नहीं हिली, न सही।

एक रोज़ क्लब जाते समय मीनाक्षी ने झलमल, सुनहरे बॉर्डर-वाली, काली शिफ़ॉन की साड़ी पहनी। श्रृंगार सोलह के भी सत्रह हो गये थे। वह अपनी पूर्ण सजधज की छटा आदमक़द आईने में निहार रही थी कि तभी धीरे से चम्पा कमरे में आयी और मन्त्रमुग्ध-सी मीनाक्षी को देखने लगी। अचानक उसने मीनाक्षी की कलाई थाम

ली। उसके स्वर में विस्मय था—

"मेम साहब, बतलाइए न, वहाँ क्लब में क्या होता है ? क्यों जाते हैं वहाँ ?"

मीनाक्षी ने खीजकर हाथ छुड़ा लिया। नौकरानी का यूँ हाथ थाम लेना उसे धृष्टता-सी लगी।

"जाओ, अपना काम देखो। हर बात की नाहक़ पूछताछ मत किया करो।"

चम्पा बुझी-सी लौट गयी। किन्तु अगले दिन प्रातः ही जब वह बेबी के दूध की बोतल लेकर मीनाक्षी के शयन-कक्ष में आयी, तो मीनाक्षी ने देखा, चम्पा की साड़ी की पटलियाँ नाभि से इस क़दर ख़तरनाक नीचाई पर बँधी हैं कि अब फिसलीं, तब फिसलीं। ब्लाउज़ भी रोल होकर वक्ष की सीमा-रेखा तक जा पहुँचा है, उघड़ा जिस्म बंकिम कटाव लिये झाँक रहा है।

"आजकल कम खा रही हो क्या, जो वज़न गिर गया है ?" मीनाक्षी के स्वर में तंज़ उभर आया।

"हाँ, मेम साहब, जास्ती खाने से क्या होगा ? 'फ़ैट' ही बढ़ेगा !"

"क्या ?" मीनाक्षी उसके 'फ़ैट ही बढ़ेगा' जुमले पर विस्मित थी।

शायद चम्पा उस रोज़ की 'लेडीज़ काफ़ी मीट' की गुफ़्तगू कण्ठस्थ ही नहीं कर गयी, उसका आशय और महत्त्व भी अच्छी तरह समझ गयी है। किस क़दर मुस्तैदी से उस रोज़ कप-प्लेटें उठा रही थी और फुर-फुर करती स्नैक्स सर्व कर रही थी। एक महिला ने लक्ष भी किया था :

"हाय, कितनी स्मार्ट मेड है आपकी ! घण्टों का काम मिनटों में निबटा लेती है !"

वर्तमान में लौटकर मीनाक्षी ने सोचा, 'हर्ज़ ही क्या है, यदि हम लोग सज-सँवर सकते हैं तो इनके भी तो मन है।' अपनी विचारधारा को अर्थसंगत मोड़ देकर मीनाक्षी और भी दरियादिल हो उठी और उसने चम्पा को एक पुराना, अनचाहा पर्स भी दे डाला। चम्पा ने चुपचाप बिना कृतज्ञता प्रकट किये पर्स थाम लिया, जैसे वह पर्स उसकी रुचि से मेल नहीं खा रहा हो।

"इसके मिज़ाज दुरुस्त करने ही पड़ेंगे।" मीनाक्षी ने मन-ही-मन कुढ़कर सोचा।

"मेम साहब !" चम्पा का झिझकता स्वर था।

"हूँ।" मीनाक्षी ने 'हूँ' के और भी छोटे टुकड़े कर दिये।

"मेम साहब ! ख़ानसामा से कह दीजिए, हमसे हँसी-ठट्ठा न करे। हमें उसकी चुहल नहीं सुहाती।" चम्पा के स्वर में आहत अभिमान था।

"तो काम पर थोड़ा कम सज-सँवर लिया करो। छुट्टी पर घर जाओ, तब कसर निकाल लिया करो।" मीनाक्षी के उत्तर में 'महफ़िल बर्ख़ास्त'-जैसा फ़रमान था।

वैसे भी मीनाक्षी इस समय उलझी हुई थी। वह गॉगल्स चढ़ाये स्टील की

मूठवाली फ़ोल्डिग अम्ब्रैला ढूंढ़ रही थी और वह था कि मिलता ही नहीं था। बाहर धूप जल रही थी। बग़ैर छतरी के निकलना मुश्किल था।

"चम्पा, मेरी छतरी देखी है?"

"जी, कौन-सी?"

"वही, छोटी रेशमीवाली।"

"वह? वह हम कहाँ देखेंगे मेम साहब! वह तो आप अपनी अलमारी के ऊपरवाले खाने में रखती हैं।" चम्पा ने तसल्ली से कहा।

मीनाक्षी के मन में सन्देह ज़ोर पकड़ने लगा।

"अच्छी तरह खोजिए मेम साहब, आख़िर कहाँ जायेगी। कहीं दूसरी जगह टेक दिया होगा।" बहुत ही करुण स्वर में चम्पा ने कहा।

मीनाक्षी को अपने सन्देह पर लाज हो आयी। बेचारे ग़रीबों पर हर बात के लिए शक किया जाता है। शायद वही कहीं रखकर भूल गयी हो। अगले रोज़ जब गॉगल्स भी नहीं मिले, तो मीनाक्षी को फिर से नये सिरे से अपने को समझाना पड़ा। इसके बाद आये दिन यह-वह अपनी जगह से ग़ायब नज़र आने लगा। पर चीज़ें चोरी के लिहाज़ से ऐसी बेमतलब और बेकार होतीं कि ख़ानसामा और आया दोनों ही शक के दायरे से बाहर हो जाते। जैसे मीनाक्षी की नायलॉन की गुलाबी पैण्टी, आरकण्डी का मेज़पोश, लेस का रूमाल, इम्पोर्टेड ब्रेसियर्स। पतिदेव ने सुना तो बोले, "पुलिस में रिपोर्ट कर दो फ़ौरन।"

"क्या लिखवाओगे वहाँ, कि मेरी बीवी की पैण्टी और इम्पोर्टेट ब्रेसियर्स ग़ायब हैं? और बिकने लायक़ चीज़ जाये तो कहा भी जाये।" मीनाक्षी ने तर्क किया।

फिर एक दिन ख़ानसामा हाथ में कलछी लिये धम्म-धम्म करता आया। उसके मुख पर दृढ़ता थी। बोला, "मेम साहब, छह प्लेट-प्यालों का सेट-का-सेट ग़ायब है।"

"पागल हो! सेट टूट सकता है, उसके बिखरे टुकड़े भी कहीं-न-कहीं पड़े होंगे, आख़िर ग़ायब कहाँ हो जायेगा? जाओ, देखो ठीक से।"

ख़ानसामा वहीं खड़ा रहा। पक्के विश्वास से बोला, "जी, वे चोरी हो गये!"

"बस, सिर्फ़ प्याले-प्लेट ही चोरी हो गये? और चीज़ें क्यूँ नहीं गयीं?" मीनाक्षी ने जिरह की।

"जी, गयी हैं। एक चीज़ और भी गयी है— फूलवाले कैक्टस का गमला।"

"क्या? अरे भाई, मुँडेर पर से गिर गया होगा।"

"जी नहीं, चोरी गया।"

"अच्छा जाओ, देखेंगे।"

अगले हफ़्ते सिर्फ़ एक पायदान के ग़ायब होने की ख़बर ख़ानसामा ने एक

ख़ास 'मैं सब समझता हूँ' वाले अन्दाज में दी। उसे कई बार मीनाक्षी ने जासूस की तरह चम्पा का पीछा करते भी देखा। सोचा, चम्पा ने बेचारे के रूमानी जज़्बातों की क़द्र नहीं की, इसी से ख़ानसामा के मन में प्रतिशोध की भावना जाग उठी है और वह उसे बेमानी चीज़ों के लिए चोर ठहराकर ही दम लेगा। चम्पा का आत्मविश्वास दिनों-दिन तरक़्क़ी पर था। वह चरम सीमा पर उस रोज़ पहुँचा, जिस दिन उसने नये पोस्टमैन के लिए दरवाज़ा खोला और पोस्टमैन तपाक्-से सलाम ठोंककर बोला, "मेम साहब, आपका मनीऑर्डर है।"

चम्पा इस कान से उस कान तक मुस्कराती, 'बाज़ी मार ली आज तो' वाले अन्दाज़ में इठलाती मीनाक्षी के पास पहुँची। मीनाक्षी पहले ही सब सुन चुकी थी। फटकार की लय में बोली, "कह दे, आती हूँ।"

किन्तु अगले ही पल मीनाक्षी अपने को इस तुच्छ अहंकार के लिए धिक्कार रही थी। छीः ! वह भी क्या अपनी तुलना उस अशिक्षिता, अभावग्रस्ता से कर बैठी ! क्या हुआ, जो एक नौकरानी अपने नीरस जीवन में लिपस्टिक से ही थोड़ा रंग घोल ले। किन्तु उसी सन्ध्या को जब चम्पा ने कुछ अधिक बन-सँवरकर साहब के लिए दरवाज़ा खोला और स्वागत में बंकिम मधुर मुस्कान भी बिखेर दी, तो पीछे खड़ी मीनाक्षी एक बार फिर से 'क्लास-कॉन्शस' हो उठी।

और इसके एक रोज़ बाद ही चम्पा एक हफ़्ते की छुट्टी लेकर चली गयी। उसके जाने के दूसरे रोज़ ख़ानसामा मुख पर 'चोर पकड़ा गया' का भाव पोते आकर बोला :

"एक मज़े की ख़बर लाया हूँ, हुज़ूर। उस मुँहजली के घर तक गया था। खिड़की में झाँककर देखा हुज़ूर, उसके कमरे में तिपाई पर आर्कण्डी का मेज़पोश बिछा है, आपवाला मेज़पोश। कप-प्लेट सजी है – आपवाली हुज़ूर। और वह चम्पा, वह डबल एड़ी की सैण्डिल पहने, मुँह पै लाली चढ़ाये, बालों का आप-सरीखा गोला बाँधे चाय उँडेलकर सुड़क रही है। सामने उसका सीधा-सादा आदमी बैठा है और चम्पा, हुज़ूर, क्या रुआब से मटक-मटक के उससे बतिया रही है। सामने दरवज्जे पर अपना पायदान भी पसार रखा था। और-तो-और, वह फूलोंवाला गमला भी दरवज्जे पर टिका था। दरवज्जे पर अपनेवाला पुराना डैनिंग रूम का परदा भी लटक रहा था। अजी, वह तो मेमसाहबों-जैसे हाव-भाव दिखा रही थी।"

"क्या बक रहे हो !" मीनाक्षी चौंक गयी।

"अजी, मैं तो उसी दम चुटिया पकड़, वो क्या कहते हैं, जूड़ा पकड़ के घसीट लाता, पर मैंने कहा, साहब लोग थाने में रपट लिखवायें तो ज़्यादा मज़ा रहे। साली का सब नखरा ढीला पड़ जाये। बड़ी चली है, मेमसाहब बनने।"

"देखो, यहाँ गाली-वाली मत दो, हमारे सामने।" मीनाक्षी ने टोका तो

ख़ानसामा सँभल तो गया, पर बोले बग़ैर तब भी न रहा ।

"अरे हुज़ूर, हमसे कहती रही 'ख़ानसामा होकर हमसे मज़ाक़? अपनी औक़ात में रहो !' धत् साली ! अब पता चलेगा थाना में ।" ख़ानसामा चला गया और मीनाक्षी सोचती रह गयी, तरह-तरह के सिंगार-प्रसाधन देकर उसने चम्पा की शृंगारिक प्रवृत्तियों को सन्तुष्ट किया कि और भड़का दिया ?

शाम को पति से क़िस्सा कह सुनाया तो उन्होंने मीनाक्षी के क़िस्से को तो नज़रअन्दाज़ कर दिया और एक दूसरा ही क़िस्सा ले बैठे । बोले :

"बड़ी कमीनी औरत थी । मैं सोच ही रहा था कि तुम्हें इतमीनान से उसकी कारस्तानी बतलाऊँगा । परसों कम्बख़्त दोपहर को धड़ल्ले से बेडरूम में घुस आयी । तुम बाज़ार गयी हुई थीं । ख़ानसामा मुझे खिलाकर चला गया था । बेबी सो गयी थी । कम्बख़्त इठलाती हुई आयी और न जाने कैसा निमन्त्रण-सा देती आँखों से देखने लगी । पहले तो मैंने समझा, तनख़्वाह बढ़ाने को कहेगी । पर अगले ही पल वह बेतकल्लुफ़ी से बिस्तर पर ही बैठ गयी और मेरे पाँव थाम दबाने लगी । मैं तो एकदम घबरा गया । फिर भी कड़ककर कहा, 'जाओ यहाँ से !' इस पर वह एकदम से उठी और एक झटके से साड़ी उतार फेंकी । मैं लपककर उठा कि इतने में उसने पेटीकोट-ब्लाउज़ भी उतार फेंका । मैं मुँह खोले देखता ही रह गया, मीनू, वह तुम्हारेवाली गुलाबी पैण्टी और 'इम्पोर्टेड' लेस ब्रा···?"

मीनाक्षी दम साधे सुन रही थी, अब अचानक उसकी रुकी हुई साँस पुरजोशी से बाहर उतरी, "क्यों, तुम यह सब देखने को वहाँ खड़े रहे ?" साँस के साथ एक हिचकी भी हुड़ककर बाहर निकली "सच कहो, फिर क्या हुआ ?"

"फिर, फिर मैं तो तीर की तरह कमरे से छूटा और एकदम मोटर में जाकर दम लिया । पतलून-कमीज़ तो पहने ही था, यूँ ही पीठ टिका ली थी बिस्तर पर और, मैं बिना टाई-कोट के ही दफ़्तर पहुँच गया ।"

"झूठ बोल रहे हो । तुमने मुझे पहले क्यूँ नहीं बतलाया ?"

"अरे, अगले रोज़ ही तो वह छुट्टी लेकर चली गयी । मैंने सोचा, चलो, बला टली, अब इतमीनान से तुम्हें समझाऊँगा कि उस नालायक़ की छुट्टी कर दो ।"

मीनाक्षी की आँखों में मारे क्रोध के पानी उबलने लगा । दिल में कहीं जलन की लाल लपट उठी तो अपने को धिक्कारा । छीः, एक तुच्छ दासी से ईर्ष्या ! किन्तु तभी उसने पति को कहते सुना :

"अच्छा मीनाक्षी, निर्वस्त्रा होने पर उसका शरीर ठीक किसी कैबरे-डांसर के तन-सा कटावपूर्ण कैसे निकल पड़ा, मैं तो सोचता था, इन कम्बख़्त ग़रीब नौकरानियों का पराया माल खा-खाकर पेट-वेट सब मटके की तरह फूला पड़ा रहता होगा । कपड़े उतारकर तो वह नौकरानी-जैसी लगी ही नहीं ।"

"तो छोड़कर दफ़्तर क्यूँ चले गये ?" मीनाक्षी ने ज़हर उगला ।

"अरे···रे···रे···अब भई, सामने ही पड़ गयी तो देखता कैसे नहीं ? कोई रुका थोड़े ही, पर अन्धा कैसे हो जाता ? तुम तो भई, कमाल···" आगे कुछ न सूझने पर पति ने मीनाक्षी को पास खींच लिया, संशय-तर्कों का अन्त न सही, पर कुछ समय के लिए वह स्थगित अवश्य हो गये।

दो दिन बाद खानसामा ने दरवाज़ा खोला तो चम्पा के पति को सामने पाया। वह छूटते ही बोला,

"चम्पा काम पे आ गयी क्या ?"

"हीयाँ ? अभी कहाँ आयी ! हफ़्ता कहाँ हुआ ?"

"तो कहाँ गयी ?" पति खानसामा से ही पूछ बैठा।

"अरे, अब हम क्या जानें, कहाँ गयी ? ज़रा सँभालकर रखो भइये, ज़माना ख़राब है।"

"अरे भइया, कित्ता मना किये, साहब लोगों की नौकरी-वौकरी मत कर, पर ससुरी ने एक न मानी। जब हीयाँ से छुट्टी पर घर जावे, तो साली का नख़रा ही नहीं धरा जावे। कभी कहे, हमारे साहब, मीम-साहब को हर हफ़्ता सनीमा ले जात हैं, तुम भी चलो। अरे, वही ग़लती हुई हमसे। हमने भी उसे दो-चार सनीमा देखा दिये। साली, उसके बाद और भी ठस्से से उठे-बैठे। हमने बहुतेरा समझाया, चम्पा, साहब लोगन की होड़ तेरे-मेरे बूते की नहीं, तू उनकी रीस मति न करै, पर कहाँ सुनी।"

"हाँऽ भइया ! कागा जब चल दिया हंस की चाल, तौ, भइया मेरे, वो अपनी भी भूल गया।" खानसामा ने अनुभव-वचन सुनाये।

"सो तो है ही, भइया, पर गयी किधर ?"

"वह ज़रूर भाग गयी।" खानसामा ने लालबुझक्कड़ बनते हुए कहा।

"हैं ?"

"हाँ। किसी ससुरे के साथ।" खानसामा ने पूर्ण विश्वास के साथ कहा।

"पर क्यूँ भइया ? घर में तो सभी-कुछ है।"

खानसामा ने इस अबोध कथन को सुनकर पति को समझाया, "भइया मेरे, तुम तो साहबों-जैसे नहीं हो न ? वह ज़रूर किसी पतलून-कोटवाले के साथ भाग गयी।"

इसपर चम्पा का पति पूछ बैठा, "मेम साहब घर पर हैं ?"

"अरे ! अब उनसे क्या लेना है ? वह क्या करें ? तुम जाओ, खोजो उसे। नहीं तो और दूर निकल जायेगी।"

चम्पा के पति को टरकाकर खानसामा मीनाक्षी के पास आया। उसके मुख पर का भाव ऐसा था, जैसे उसके हाथ में किसी बॉक्स-ऑफ़िस-हिट का टिकट हो, और वह अभी-अभी हॉल में दाखिल हुआ हो।

"हुज़ूर, वह भाग गयी।"

"हूँ।"

"हुज़ूर, थाने में रपट लिखवा दी ?"

"काहे की ?"

"वही हुज़ूर, गमला, कप-प्लेट की चोरी की।"

"नहीं, ज़रूरत नहीं है।"

मीनाक्षी को लगा, जैसे खानसामे का सारे का सारा मज़ा किरकिरा हो गया। मानो बॉक्स-ऑफ़िस-हिट अचानक परदे पर से ग़ायब हो गयी हो और हॉल घुप्प अँधेरे में डूब गया हो। वह बोला, "हुज़ूर, छतरी और परदा भी तो था।"

"और हुज़ूर, वह पायदान भी तो था।" उसने फिर उकसाया। उसकी फेह-रिस्त खत्म होने पर मीनाक्षी ने मन-ही-मन जोड़ा, "और, पैण्टी और ब्रेसियर्स भी तो थी !"

● ●

निशा

उसका नाम निशा था। लड़की खुशक़िस्मत थी। स्वयं को वह ऐसा ही समझती थी। बचपन से ही, माँ ने उसे, दुश्चिन्ताओं से सशंकित, अत्यधिक लाड़-प्यार नहीं दिया। बहनों में उसकी गिनती चौथे नम्बर पर बैठती थी। उसका स्वास्थ्य उत्तम, पाचन-शक्ति लक्कड़-पत्थर-हज़म और क्षुधा ऐसी थी कि घास-पात अधकचरा-अधपका जो मिले, सब चलता था। मानो बिना पानी-खाद के ही वह बेल बढ़ती चली जा रही थी। रूप उसका सामान्य था। घर-आये अतिथि कभी उसकी ओर इतने आकर्षित न हो पाते कि उससे किसी 'परफ़ार्मेन्स' का आग्रह करें। अटपटी फ़रमाइशें उसकी छोटी, गोरी-गोरी डबल-रोटी से गालों वाली बहन से ही अधिक की जातीं। जैसे, 'अरे ! यह तो बड़ी प्यारी-सी बिटिया है। सुनाना तो हमें, कोई पोएम आती है?'

और गुड्डो दोनों हाथों से अपनी राशी, सफ़ेद चॉक के टुकड़े रंगीन कागज़ों के पुरज़े और कोकाकोला की बोतलों के ढक्कन सँभालती-सँभालती मुँह फाड़कर 'बा-बा;-बलेक छीप' शुरू कर देती। तब उसके मन में भी प्रबल इच्छा उठती कि वह ऐसा कुछ अद्भुत कर डाले कि सब लोग चौंककर उसकी ओर देखने लगें। गुड्डो की माँ ने इस बार पुत्र की आशा की थी। सपने में नारियल जो दिखलाई दिया था उन्हें। उनकी चाल और उठते पाँव का एंगिल देखकर दादी ने भी यही ऐलान किया था, "चलो, इस दफ़े तो ख़ानदान का नाम चलाने को बेटा ही आयेगा।"

माँ ने पहले ही से बुश-शर्ट, कमीज़ें सिल ली थीं। परन्तु गुड्डी के आगमन पर दादी पछाड़ खाकर गिर पड़ी थीं। माँ, गुड्डो का चाँद-सा मुखड़ा देखकर ही निराशा का कड़वा घूंट निगल पायी थीं। दो वर्ष तक गुड्डो ने निकर-कमीज़ ही पहने थे। पहले से सँजोया चाव माँ उसी पर उँड़ेलने लगी थीं। पर, तीसरे वर्ष कोपार करते-न-करते, गुड्डो झालर वाली फ्राक, लाल रिबन और चूड़ियाँ पहनने को मचल उठी। तभी माँ का भ्रम टूटा था, और वह पूर्ण रूप से उसे

बेटी मान पायी थीं। दादी मन में पोते की ललक लिये ही स्वर्ग सिधार गयी थीं।

मेहमानों के आने पर पिताजी सदा निशा से बड़ी दीपा को ही आवाज़ लगाते। वह बड़ी सुघड़ता से चाय-नाश्ते की व्यवस्था कर लेती। तब निशा बिना बुलाये ही बैठक में आ सबसे बोलने-चालने लगती। उसे तनिक भी संकोच न लगता। बैठक की औपचारिकता, रख-रखाव, दुनियादारी की बातें उसे बड़ी दिलचस्प लगतीं: जैसे एक लघु-नाटिका प्रदर्शित की जा रही हो।

दीपा से बड़ी रूपा जब ससुराल से आती तो पिताजी बैठक में बड़े गर्व से उस का परिचय देते—"ये हमारी नम्बर दो बेटी है, जमाई निर्मल-उद्योग में सेल्स-डायरेक्टर हैं। अरे भाई, बुलाओ न उन्हें भी ''।" यह भी कोई रूपा का परिचय हुआ, यह तो जीजाजी का परिचय है! किन्तु सबसे बड़ी जीजी जब ससुराल से आतीं तो बैठक में बुलाकर पिताजी "आओ भई, बैठो" के अतिरिक्त कुछ भी न कह पाते। कहते भी क्या! बड़े जीजाजी की तो नौकरी ही चौपट थी। और जीजी कौन-सा मैके में मेहमान की तरह आयी थीं, वह तो अभी यहाँ ही टिकने-वाली थीं। जीजी सकुचायी-सी बैठ जातीं, जैसे अभी उनसे कोई पूछेगा, "और आपके पति क्या काम करते हैं?" जीजी क्यों ऐसा महसूस करती हैं, यह कोई उनकी कमी थोड़े ही है, निशा सोचती। रूपा जीजाजी को छोड़कर एक दिन के लिए भी नहीं आती। ऊँचे ओहदे पर होने के कारण छुट्टियाँ अधिक लेना उन्हें शोभा नहीं देता था। इसी से उन लोगों का आना विशेष अवसरों पर ही हो पाता। जीजी के ही भाग्य में पीहर का सुख अधिक लिखा था।

दीपा का जब रिश्ता तय हुआ तो पिताजी ने बड़े गर्व से उसके इंजीनियर पति और घर के मकान इत्यादि का बखान किया। जीजी को तो यह वर्णन बहुत बार सुनना पड़ा। मौसी कहती हैं, जीजी की अपनी पसन्द की शादी थी। उन्होंने हठ किया था और माँ-पिताजी की एक न मानी थी, इसीलिए उन्हें यह सब भुगतना पड़ा। अच्छा हुआ, जीजी ने जीजाजी को स्वयं ही पसन्द कर लिया, नहीं तो उनकी भी दुकान सजाकर बार-बार उन्हें लड़केवालों को दिखाया जाता, दीपा और रूपा ही की तरह। निशा के साथ कभी ऐसा हुआ तो वह या तो वहाँ से भाग खड़ी होगी या फिर खूब मज़े ले-लेकर उनसे गप-शप करेगी, जैसे औरों से करती है। यँ गुम-सुम होकर ठस्स बनी बैठी अपनी नुमाइश तो कदापि न कर पायेगी। वह तो स्कूल के 'ओरल टेस्ट' से भी अधिक बुरा है।

दीपा को जब देखने आये थे, लड़के की बहन ने पूछा था, "तुम्हें डांस का शौक़ है?"

दीपा ने घबरायी-सी आवाज़ में कहा, "बचपन में एक साल कत्थक सीखा था।"

"अरे, वह नहीं। बालरूम डांस!" लड़के की बहन ने मुसकराकर सम-

झाया।

दीपा ने 'न' में सिर हिला दिया।

निशा को बहुत आश्चर्य हुआ। बालरूम डांस के लिए तो और कभी किसी ने नहीं पूछा था। यह तो बड़े मज़े की बात है। ये लोग तो दीपा से यही आशा करते हैं कि वह ख़ूब मौज करे, मज़े में रहे, बस। मैं दीपा की जगह होती तो फट से 'हाँ' कर देती। भला इस हुनर को सीखने में भी कुछ देर लगती है! पर बाल-रूम डांस का शौक़ तो जीजी को भी था। पर वह तो अब बस कमर में आँचल खोंसे घर में ही खटर-पटर करती रहती हैं। दीपा की बात उसी घर में ठहर गयी थी। माँ अब दीपा को अधिक चुस्त और सलीक़े से बातचीत करने की नसीहत देने लगी थीं। जीजी भी अगर मॉडर्न हेयर-स्टाइल बनाकर चुस्त ब्लाउज़, शोख़ साड़ी, ऊँची एड़ी की सैण्डिल और मेक-अप करके क्लब जायें तो कैसी लगेंगी? निशा की कल्पना जीजी को ख़ूब सजा-सँवारकर हँसते-खिलखिलाते देखती। सच-मुच, जीजी तो सुन्दर लग सकती हैं, रूपा से भी अधिक। जीजी की दन्तपंक्ति कितनी श्वेत, कितनी सुन्दर है, पर वह तो इतना कम हँसती हैं। निशा शीशे में हँसकर देखती। उसके दाँतों के बीच कहीं-कहीं ख़ाली जगह थी। कोई-कोई दाँत पटरी से हटकर ऊँचा-नीचा भी पड़ता है। हुआ करे, हँसे बग़ैर तो वह एक दिन भी नहीं जी सकती।

दीपा की शादी में रूपा ने न जाने जीजी को क्या कह दिया कि वह रुआँसी हो गयी थीं। अपनी शादी से पहले जीजी कभी रोने-रोने को नहीं होती थीं। बहुत रुआब रखती थीं। बड़प्पन भी। वह तो जैसे बारह वर्ष की आयु में भी 'बड़ी' थीं। अब तो बेहद सहमी-सहमी रहती हैं जैसे किसी पल भी कोई उनकी इज़्ज़त उतार देगा। निशा की समझ में न आता, आख़िर माँ के घर में भी वह कौन-सी आबरू है जिसकी पॉलिश उतर जाने की सम्भावना उनके मन में सदा बनी रहती है। वह क्यों खुलकर रो नहीं लेतीं। अपना दुखड़ा माँ-पिताजी को क्यों नहीं सुनातीं, जैसे दीपा जब तीसरी बार ससुराल से आयी तो ससुराल-पुराण लेकर बैठ गयी थी।

पिताजी को कैसी चिन्ता रहती है दीपा की! वह सदा उसपर बरगद के पेड़-जैसी छाया किये रहते हैं। जैसे ज़रा-सी धूप लगते ही वह कुम्हला जायेगी। दीपा की हस्तरेखाएँ देखकर बचपन में ही ज्योतिषी बतला गया था कि कन्या इतनी भावुक और सुकुमार-हृदया है कि ठेस लगने पर कौन जाने क्या अनर्थ हो जाये। सचमुच, सुख-सुविधा के तमाम साधन और सज्जन पति होने पर भी वह घण्टों बैठी सास-ननद के तानों पर मन में घुटा करती। पतीले में खदबदाती दाल की तरह मन की कुढ़न पीहरवालों के सम्मुख व्यक्त करके ही उसे कुछ चैन मिल पाता। दीपा की शादी में तो निशा छोटी ही थी, पर इतनी बड़ी अवश्य थी कि अपने बदन पर फिसलते रूपावाले जीजाजी के स्पर्श को पहचान सके। उस स्पर्श

ने उसके बदन पर एक फुरहरी-सी छोड़ दी थी, जैसे वहाँ कोई छिपकली रेंग गयी हो। बताये रूपा को उसके आलीशान पति की यह हरकत ? फिर वह जीजी को कभी ताना नहीं भरेगी। किन्तु, फिर कहीं वह जीजी की तरह हँसना न छोड़ दे। वह इठलाती रूपा का गर्व इस तरह कभी न तोड़ सकेगी। टूटने के लिए एक जीजी ही काफ़ी है।

जीजी, रूपा, दीपा—न जाने क्यों सब लड़कियाँ अपनी खुशियों की डोर पति से बाँधे रहती हैं। अपना सुख, चैन, अपनी प्रसन्नता भी कहीं किसी दूसरे प्राणी पर निर्भर करनी चाहिए ? तभी न दूसरा इतनी शक्ति रखता है कि पल में रुला दे, पल में हँसा दे। भावनाओं को भी आत्मनिर्भर होना चाहिए।

मन में उठते बवण्डर को जब वह शब्द न दे पाती, तो पुस्तकों में उनकी कुशल अभिव्यक्ति खोजा करती। लेखकों का कौशल, विचारकों के वाद-विवाद उसे चमत्कृत करते और सन्तुष्ट भी। किन्तु जिज्ञासा सदा बढ़ती ही चली जाती। निशा सर्वप्रथम 'लाइम-लाइट' में तब आयी, जब अचानक उसका हायर-सेकण्ड्री का परीक्षा-फल घोषित हुआ। वह अच्छे नम्बरों से प्रथम श्रेणी मार ले गयी थी। माँ, पिताजी ने उसे नूतन दृष्टि से देखा। बहनों पर भी खासा रौब पड़ा। बैठक में जुटे अतिथियों को पहली बात फिर यही बतलायी जाने लगी। सब लोगों की प्रशंसा-भरी बधाइयाँ उसे बहुत-बहुत भली लगतीं। माँ तो तब भी एक निःश्वास खींचकर बोलीं, "काश, हमारी निशा लड़का होती। बुढ़ापे का आसरा होती। अब इसे फ़र्स्ट आकर कौन नौकरी करनी है, आयी तो भी ठीक, न आयी तो भी ठीक।"

पिताजी को गुड्डो की पढ़ाई की चिन्ता हुई। बोले, "निशा, ज़रा, इस छोटी को भी पढ़ा-वढ़ा दिया कर, देखना तो ज़रा काहे में कमज़ोर है यह। आजकल तो बी. ए. पास से कम लड़की को कोई माँगता ही नहीं।"

निशा नियमपूर्वक गुड्डो को पढ़ाने लगी, पर वह पढ़ाई में एकदम फिसड्डी निकली। उसका चित्त लगता ही नहीं था पुस्तकों में। बी. ए. के पहले वर्ष में ही गुड्डो लुढ़क गयी और निशा फिर से प्रथम श्रेणी में बी. ए. फ़ाइनल में निकल गयी। गुड्डो ने पुस्तकें पटक तत्काल आगे न पढ़ने की घोषणा कर दी। बोली, "बी. ए.-फी. ए. मुझसे होगा ही नहीं, चाहे काटकर फेंक दो मुझे।"

काटकर फेंकने की नौबत तो खैर नहीं आयी, पर पिताजी ज़ोर-शोर से निशा के लिए वर ढूँढ़ने लगे, ताकि रास्ता साफ़ हो तो गुड्डो को भी ठिकाने लगा दें। निशा ने डंके की चोट पर कह दिया कि "शादी-वादी मुझे अभी नहीं करनी, चाहे पिताजी मुझे ज़िन्दा ही क्यों न चुनवा दें।" इसकी नौबत भी नहीं आयी। पिताजी ने सिरफिरी निशा को एम. ए. में डाल दिया और गुड्डो के लिए वर तलाशना शुरू किया। सुन्दर-सी गुड्डो को डॉक्टर वर मिला। ब्याह के दिन घर में

भाँति-भाँति के नाते-रिश्तेदार जुटे थे। निशा ने आते-जाते अपने बारे में तरह-तरह के डायलॉग सुने। कोई कह रही थी, "जब बड़ी ही घर में बैठी है तो छोटी को क्यों ब्याह रहे हैं? कोई ऐब है क्या बड़ी में?"

"ऐब होने पर भी बोब्बो, धी-बेटियाँ तो अपने घर-बार की ही सुहावें।" दूसरी बोली, "हैंगी भी तो बेचारियों के पाँच-पाँच! एक-आध हो तो भुगत भी लें। एक-एक करके नां निबटायीं तो छाती पे यही चिन्ता रख के जाने की नौबत आयेगी।" एक और आवाज आयी, "हाँ-जी—ये तो है ही।" समर्थन करते-करते एक औरत ने रूपा का ज़ेवर हाथ में ले-लेकर उसे तोलना-परखना शुरू किया। रूपा बतलाये जा रही थी कौन-सा ज़ेवर 'यहाँ' का है और कौन-सा 'वहाँ' का।

बड़े जीजाजी तबतक किसी छोटे-मोटे काम में लग गये थे। कुछ कहने को हो गया था, पर आमदनी 'न' के बराबर ही थी। जीजी और भी हताश लगती थीं। शादी के हर काम में हाथ बटाती हुई वह अब भी सबसे कन्नी काट जातीं। हर उत्तरदायित्व की महत्ता को सँभालते-सँभालते भी वह ऐसे फिरतीं जैसे फ़ालतू हों। निशा को लगता, जीजी व्यर्थ ही रोती जा रही हैं। बड़े जीजाजी शर्म के मारे अपनी ससुराल बहुत कम आते। शादी-ब्याह में केवल जीजी ही आतीं। न जाने कौन-सी उमंग खींच लाती। जीवन-निर्वाह की निर्मम चक्की में पिसते-पिसते भी न जाने कैसे वह अपने ज़ेवरों में से बचा-खुचाकर कभी अँगूठी, कभी कर्णफूल की जोड़ी उपहार में भी ले आतीं। न जाने वह उपहार होता, या आबरू बचाने की सतर्क लालसा!

गुड्डो को जीजी ने ही बड़े चाव से सजाया था। उसका उजला रूप दुल्हन की सजधज में और भी जगमगा उठा था। निशा आश्चर्यचकित-सी सोच रही थी, रूप सँवारने के इतने टोटके, नुस्खे जीजी को मालूम हैं, तो स्वयं क्यों नहीं सँवरतीं।

अबतक निशा को जैसे परीक्षाओं में बाज़ी मार लेने की आदत-सी पड़ गयी थी। एम० ए० में भी उसने आदतन 'फ़र्स्ट क्लास' मार लिया। सफलता नशे की तरह उसपर छाने लगी। निजी स्तर पर वह एकदम स्वार्थी हो गयी थी। अपनी प्रतिभा की प्रशंसा सुनने को इस तरह लालायित रहती, जैसे कोई नायिका हॉल में तालियों की गुंजार सुनने को आतुर रहती हो।

पी-एच० डी० के स्कॉलरशिप पर जब वह घर छोड़ अमेरिका जा रही थी, तब भी उसे घर छोड़ने की व्यथा से अधिक भविष्य की आशातीत कल्पनाओं ने आत्मविभोर कर रखा था। वह मन्त्रमुग्ध-सी चली गयी थी, सफलता की उच्चतर सीढ़ियाँ चढ़ने को आतुर।

माँ-पिताजी के पत्र आते रहते थे। वहीं उसे समाचार मिला था, आत्महत्या का। आत्महत्या भावुक दीपा ने नहीं, रूपा ने की थी। मृत्यु-शय्या पर अन्तिम सन्देश तक नहीं मिला था। माँ-पिताजी उसकी अकारण मृत्यु से स्तम्भित थे। रूपा

ने किसी पर भी कोई आरोप नहीं लगाया था। पढ़कर निशा के अन्त:स्तल में शूल-सा गड़ गया। रूपा का हँसता-इतराता चेहरा माँ-पिताजी को मुँह चिढ़ाता-सा लगा। कितना गर्व था उन्हें उसके भाग्य पर! तब माँ-पिताजी का चेहरा भीख माँगता-सा नज़र आया।

टूटे-से शब्दों में पिताजी का दूसरा पत्र आया था, "अब तुम लौट आओ, निशा। तुम्हारी 'क्वालिफ़िकेशन्स' को देखते हुए अब भी सुयोग्य वर ढूंढ़ने में कठिनाई होगी। उम्र होनेपर तो असम्भव ही हो जायेगा।" निशा नहीं लौटी थी। तो अधिक गुण का होना भी वर ढूंढ़ने में रुकावट है? वह रूपा का अचल-मृत चेहरा देखने का साहस भी नहीं जुटा पायी थी।

जीजी के बारे में कई बार पूछने पर भी जब माँ-पिताजी के पत्र चुप्पी साधे रहे, तो उसने गुड्डो को उनके बारे में लिख पूछा। गुड्डो का संक्षिप्त-सा उत्तर वज्रपात की भाँति उसपर टूट पड़ा। पत्र में निहित कठोर सत्य ने उसके विश्वास की धज्जियाँ उड़ा दीं। गुड्डो ने जो लिखा था, उसका अभिप्राय था कि जीजी अपनी इज़्ज़त बचाते-बचाते न जाने कैसे उस ठौर पर जा पहुँचीं, जहाँ आबरू और इज़्ज़त बचाने का कोई भी प्रयत्न-जतन न करना पड़े। एक ही झटके में उन्होंने अपनी सम्पूर्ण इज़्ज़त स्वयं ही उतार फेंकी थी। उन्होंने जीवन से जूझना ही छोड़ दिया था। बड़े जीजाजी पराजित, निस्सहाय-से समाज की नज़रों से और भी छिपते फिर रहे थे। निशा को अचानक समस्त संसार पर क्रोध आने लगा। जीजाजी, माँ, पिताजी सब उसे घोर अपराधी लगे। क्यों वह जीजी को बचा नहीं सके? उसकी आँखों के सम्मुख जीजी का श्रृंगारविहीन, लज्जित-सा चेहरा घूम गया। कैसे वह इतना निर्लज्ज साहस जुटा पायी होंगी? क्या वह अब श्रृंगारप्रिय हो गयी होंगी?

माँ, पिताजी के पत्र एक अरसे के बाद फिर से तटस्थ, प्रकृतिस्थ हो पाये थे। इस बीच निशा ने पी-एच० डी० करते-करते एक नौकरी भी ले ली थी। माँ ने इस बार लिखा था, "गुड्डो को दूसरे जापे के लिए भी हमने यहीं बुला लिया था। हारी-बीमारी में ससुराल में नाहक़ बेचारी को संकोच होता। उस . अबकी बार भी लड़का ही हुआ है ।" चलो, अच्छा हुआ, माँ की नाक रह गयी। नहीं तो गुड्डो की ससुराल में सब कहते, "बेटियाँ जननेवाली माँ ने विरासत में यह रोग बेटी को भी सौंप दिया।"

पिताजी के पत्रों से आभास मिला कि दीपा ने अपनी गृहस्थी में सारे 'स्टेटस-सिम्बल्स' जुटा लिये थे और उसके ठाठ-बाट किसी भी उच्चवर्गीय महिला की नाक दो इंच ऊपर उठाने की सामर्थ्य रखते थे। तो, भावुक दीपा ने भावनाओं में बहते-बहते सुख-सुविधा की हर तीली को इतने कसके पकड़ा कि अपने लिए पूरी नाव ही तैयार कर ली! जीजी, सूखी नदी में नाव चलाते-चलाते न जाने कब दिशा भूल गयीं और नाव छोड़कर ही भाग खड़ी हुईं। रूपा की डगमग-डगमग नाव उसे मँझ-

धार में ही ले डूबी। गुड्डो की बाल सुलभ सहज बुद्धि इतनी व्यावहारिक निकली कि उसकी नाव हर भँवर से बचती बस मन्थर गति से चली जा रही थी। और निशा, वह स्वयं एक मज़बूत नौका है, तूफ़ान में राह बनाती हुई, दिशा खोजती-सी नहीं। पी-एच० डी० की थीसिस भी सबमिट हो चुकी थी। लगा, जैसे देश लौटने का समय आ गया है। माँ-पिताजी की हिचकोले लेती, डोलती नैया को भी तो पार लगाना है। वापस लौटने की तैयारियों के बीच ही वह 'केबल' पहुँचा। 'केबल' खोलते समय उसके हाथ थरथराने लगे थे। हे भगवान्! अब क्या शेष रह गया, जिसका समाचार इसमें निहित होगा। खुला 'केबल' किसी विषधर के फन के समान उसके सामने झूमने लगा। पढ़कर लगा, एकाएक उस नाग ने डँस लिया। यह विश्वास करने योग्य समाचार था क्या, कि गृह-नाटक का निर्देशक, निर्माता अचानक गृहस्थी के केन्द्र-बिन्दु से खिसक ग़ायब हो गया! कौन जानता था, उनकी गृह-नाटिका पर परदा यूँ गिरेगा? क्या सचमुच पिताजी इस संसार से चले गये? अब कौन पल-पल चौंकेगा उसके परिश्रम पर, सफलता पर?

घर पहुँचते-पहुँचते मृत्यु का करुण कोलाहल कुछ दब गया था। केवल माँ की बेबस, उजड़ी-सी छाया-काया रह गयी थी। बैठक का सन्नाटा पिताजी को पुकार रहा था। कभी पीहर न जानेवाली माँ के मैके से जाने कैसे जर्जर, मृत्यु की-सी ठण्डी, श्वेत काया लिये निशा के नानाजी आ गये थे। काँपते-से, माँ से पथरायी आवाज़ में कह रहे थे, "चल बेटी, मेरे साथ चल, अब यहाँ तेरा कोई काम नहीं रहा।"

निशा एकदम माँ से लिपट गयी, "नहीं माँ, नहीं, तुम यहाँ ही रहोगी। मेरे पास। मुझे हॉल में तालियों की गड़गड़ाहट नहीं चाहिए। कोई दर्शक-प्रशंसक नहीं चाहिए। तुम चली जाओगी माँ, तो दीपा और गुड्डो के लिए भी कोई पीहर नहीं रह जायेगा ···।"

माँ चौंककर वर्तमान में लौटीं, "तुझे क्या हो गया है, निशा! क्या अण्ट-शण्ट बक रही है? कैसी तालियाँ?—पागल हो गयी है क्या?···

"मैं कहीं नहीं जाऊँगी, तेरे पास ही रहूँगी सदा, तू ही तो मेरे बुढ़ापे का आसरा है बेटे!"

निशा को लगा, ख़ाली हॉल तालियों की गड़गड़ाहट से गूँज रहा है और वह मंच पर खड़ी अभिनेत्री भी है, और दर्शक भी।

● ●

शादी की सालगिरह

कादम्बरी अपनी टेबुल से सटी काँच की पारदर्शी दीवार से बाहर देख रही थी। होटल की चारदीवारी के परे, सारे दिल्ली शहर की रोशनी जगमगा रही थी। जादुई साँझ थी। आकाश की कालिमा में टँके तारे, शून्य में कौंधती शहर की रोशनी – होटल की आठवीं मंज़िल पर स्थित इस जलपानगृह की विशेषता यही 'व्यू' तो थी। कादम्बरी की आँखें एक प्रकाश में झुरमुट से हटकर दूसरे पर जा टिकतीं।

"शशांक, वह उस तरफ, क्या हमारी डिफ़ेंस-कॉलॅनी की लाइट्स हैं ?" कादम्बरी ने उत्सुकता से पूछा।

"हाँ।" शशांक का उत्तर था।

"यहाँ बहुत अच्छा लग रहा है।"

"हूँ।" शशांक ने एक उचटती-सी नज़र रात की काली मख़मल पर, झक-झक करते नूर के टुकड़ों पर डाली और फिर होटल के मीनू में खो गया, जैसे मीनू की समूची सूची को रट लेना ही शाम का ध्येय हो।

"ऑर्डर तो तुम दे चुके हो।" कादम्बरी ने कहा।

"हाँ, सोच रहा था, एक चिकन का भी ऑर्डर कर दूँ।"

बेयरा सूप रखकर जाने लगा तो शशांक ने एक चिकन का ऑर्डर भी दे दिया। मीनू वापस रख दिया, उसके हाथों को चम्मच सूप में डालकर मुँह तक ले जाने का नया काम मिल गया था। आँखें मीनू पर से हटकर सूप पर टिक गयीं। सूप पीने का कार्यक्रम यन्त्रवत् चलने लगा।

"सूप बहुत लज़ीज़ है।" कादम्बरी ने घूंट भरते हुए कहा।

"हूँ।" शशांक ने संवाद का अपना सिरा बोला।

"कूनर बहुत अच्छा गा रही है। गाना भी प्यारा है—बिकॉज़ यू आर ए चार्मिंग वूमन।" कादम्बरी ने वार्तालाप को जीवित रखते हुए कहा।

"हूँ।" शशांक ने भी वार्तालाप को मरने नहीं दिया।

"यह रिकॉर्ड तो हमारे यूनिवर्सिटी कैफ़े के ज्यूक-बॉक्स में भी था।" कादम्बरी ने फिर उकसाया।

"हाँ, था तो।" शशांक वार्तालाप का अपना सिरा ख़ूब मज़बूती से थामे हुए था।

"तुम इस रिकॉर्ड के लिए ज्यूक-बॉक्स में रोज़ दो चवन्नियाँ डाला करते थे।"

"हाँ।"

"रिकॉर्ड चलता रहता था और तुम अजगर की तरह मुझे नज़रों से बाँधे रहते थे।"

"हाँ।" शशांक एक नपी हुई-सी मुस्कान मुस्करा दिया।

"तुम्हें यह भी होश नहीं रहता था कि सारे स्टूडेण्ट्स हमारी तरफ़ देख-देखकर एक-दूसरे को कोहनियाँ मारते रहे।"

"हूँ।" शशांक ने कादम्बरी का संवाद न सुना हो, ऐसी बात नहीं, फ़िकरे के ख़त्म होने पर ही उसकी 'हूँ' निकली थी।

"मैं शर्म से पानी-पानी हो जाती।" कहते हुए आज भी कादम्बरी के गालों पर गुलाब चटख गये।

"कभी तो मैं सोचती, तुम ज़रूर पीकर आये हो, तुम्हारी आँखें मुझे देखते-देखते बिल्कुल गुलाबी, भारी और मदहोश हो जाती हैं।"

"हँ, अँह !" शशांक की झिझक-भरी हँसी थी जवाब में।

"शशांक, तुम्हारी आँखों में मन का कोई भी भाव बहुत साफ़ झलकने लगता है। तुम्हारी नज़र उन दिनों—मुझे हर वक़्त चुभती-सी लगती थी।"

शशांक ने बिना बोले नज़रें ऊपर उठायीं, वे बिल्कुल ख़ाली थीं, बैल की आँखों की तरह। कादम्बरी की नज़र उनसे टकराकर झुक गयी, लाज से नहीं घबराहट से। उन आँखों का ख़ालीपन कहीं उसे भी सुन्न न कर दे।

"तुम जेबों में भरकर गुलाब लाते थे और कैफ़े में नज़र बचाकर मेरी हथेली में भर देते थे और लड़के देख लेते तो तुम्हें चिढ़ाते, इसलिए " कादम्बरी की आवाज़ में शोख़ी उतर आयी थी।

"वो कैफ़े भी ख़ूब था—फ़र्श पर फटी-सी दरी, मोटे-मोटे प्याले, गन्दी वर्दी पहने बदतमीज़ बेयरे " कहते-कहते बीच में ही शशांक को जम्हाई आ गयी और जम्हाई ले चुकने के बाद उसे फिर फ़िक़रा ख़त्म करने की कोई ज़रूरत ही महसूस नहीं हुई।

"और ट्रे में बीस कप छलकती कॉफ़ी को साधे बेयरे का आना और धम्म से प्यालों का मेज़ पर रखना—आधी कॉफ़ी प्याले में, आधी सॉसर में, स्टूडेण्ट्स भी पहले सॉसर की कॉफ़ी पीते, फिर प्याले की।" कादम्बरी ने शशांक के दिमाग़ में

उभरे यूनिवर्सिटी कैफ़े के उस सफ़ेद-स्याह स्कैच को पूरा कर दिया और एक उन्मुक्त मीठी-सी हँसी हँस पड़ी।

शशांक भी मुस्कराया था, एक भूली-बिसरी मुस्कराहट। मुस्कराहट देखकर कादम्बरी एकदम खिल गयी।

"वह कैफ़े किसी मधुशाला से कम नहीं लगता था, शशांक। उसकी कोई याद नशे से खाली नहीं है—तुम्हारी वजह से।"

कादम्बरी ने कैफ़े के श्वेत-श्याम चित्र में रंग भरा। शशांक झेंप गया। बेयरा सूप की प्लेटें ले गया। बैण्ड से आती संगीत की ध्वनि और भी ऊँची होकर कमरे में बिखर गयी, संगीत का आवेश कादम्बरी के अन्तःस्तल को मथने लगा।

"याद है शशांक, तुम्हारे जज़्बात के तूफ़ान से घबराकर मैंने कॉलेज ही छोड़ दिया था।" कादम्बरी की आँखों में अतीत तैर रहा था। बेयरा फ्राई राइस, बेजि-टेबुल चॉप, सूए और चिकन ले आया, दोनों के सामने ताज़ा गुन-गुनी प्लेटें लगा गया।

"सोचा था, कम मिलेंगे तो तुम ज़्यादा मन लगाकर पढ़ सकोगे।"

"हूँ, मेरे कैरियर की तुम्हें फ़िक्र थी।" शशांक ने कुछ लम्बा संवाद बोलकर राहत की साँस ली। वह सब्ज़ी के टुकड़े काँटे से बेंध रहा था। चीनी एसेन्स की सौंधी सुगन्ध ज़बान पर आने से पहले ही खाने का मज़ा दे रही थी।

"तुम तो फिर मिलते ही एक ही सवाल पूछते थे—अब कब मिलोगी, कदम?" कादम्बरी कहे जा रही थी।

"अच्छा, अब तुम कुछ खाओ तो सही।" शशांक ने वर्तमान की याद दिलायी।

"तुमने पहली बार मुझे छूने का बहाना भी ख़ूब निकाला था, मेरी चूड़ियाँ गिनने लगे थे, और एक चूड़ी को छूकर खिसकाते वक़्त, दूसरी गिनने से पहले तुम्हारी उँगलियों की पोर मेरी कलाई सहला जाती।" मुँह में कौर रखता कादम्बरी का हाथ थिरक उठा।

संगीत की ध्वनि बिल्कुल धीमे हो गयी थी—रूमानी फुसफुसाहट की तरह।

"और जब पूरी बारह चूड़ियाँ गिनकर तुमने नज़रें ऊपर उठायीं, तो तुम्हारी आँखें देखकर मैं अवाक् रह गयी। मदहोश, नशे से बोझिल, उनमें लाल डोरे उतर आये थे।" कादम्बरी की आवाज़ का कम्पन संगीत की झनकार में घुला जा रहा था।

"लो, यह चिकन चिली तो चखकर देखो।" शशांक का मन चिकन का टुकड़ा मुँह में रखते वक़्त चटखारा मारने को कर रहा था, पर यहाँ के माहौल में वह मुमकिन न था। उसने बड़े इत्मीनान से चिकन के टुकड़े को मुँह के अन्दर फिराया और उसे चबाने लगा।

एक दिन तुमसे रूठकर मैं रंजना के साथ दूसरी टेबुल पर बैठ गयी थी। क़रीब की मेज़ से एकटक तुम मेरा प्रोफ़ाइल देख रहे थे। यकायक दूसरी टेबुल का अँगरेज़ जोड़ा खिलखिलाकर हँस पड़ा। परिचारिका एक अधेड़ उम्र के फुसफुसे सेठ की ओर उसकी कमसिन, नखरीली संगिनी को उनकी टेबुल तक पहुँचा रही थी। सेठ कनखियों से देख रहा था, कहीं किसी टेबुल पर उसकी जान-पहचान का तो कोई नहीं बैठा। संगिनी ने गहरे नारंगी रंग की साड़ी पहन रखी थीं। ठीक उसी शोख़ रंग की लिपस्टिक से होंठों के बाहर तक रेखाएँ खींचकर उन्हें कुछ अधिक मांसल और कामोत्तेजक बनाया हुआ था।

"उसी रोज़ अकेले में तुमने कहा था : 'कदम, प्रोफ़ाइल में तुम्हारे होंठ हिलते देख तो मैं पागल-सा हो गया था—बहुत ही मादक, बहुत डिज़ायरस लग रही थी तुम।' कादम्बरी की आँखों में यादों की धुन्ध छा गयी थी।

"और तुमने सचमुच ही अपने होंठ मेरे होंठों से छुआ दिये थे।" वह फुसफुसायी।

बेयरा दोनों की प्लेटें ले गया था। शशांक के बाज़ू कुछ फड़के। वह छोटी-सी तंग जगह में अँगड़ाई लेने को आतुर थे—बिना अँगड़ाई लिये ही शशांक कुछ ढीला होकर बैठ गया।

"उस रोज़ घर आकर बेसुध पलंग पर लेटी मैं उसी छोटे-से लमहे को जीती रही।"

"अच्छा !" शशांक ने बिना उत्तर की उत्सुकता के सवाल किया।

"अचानक मम्मी की, चीख़कर मेरा नाम पुकारने की आवाज़ आयी। जानते हो शशांक, भूचाल आया था, और मुझे पता भी नहीं चला था। सब सड़क पर भाग खड़े हुए थे, मम्मी मुझे बाहर निकलने को पुकार रही थीं।" कादम्बरी खिलखिला पड़ी।

बेयरा दो कप और शीशे का कॉफ़ी का डिकेंटर ले आया। झुककर प्यालों में कॉफ़ी उँड़ेलने लगा, कॉफ़ी की तेज़ ख़ुशबू और भाप का परदा दोनों के बीच लटक गया। शशांक ने सिगरेट के लिए जेब में हाथ डाला। एक-दूसरी ही गोल-सी सख़्त डिब्बी उसकी उँगलियों से टकरा गयी। कुछ चौंककर उसे उसने निकाला और बोला, "ओह, मैं तो भूल ही गया था, ऑफ़िस से लौटते वक़्त यह उपहार तुम्हारे लिए लाया था।"

कादम्बरी ने धीरे-से हाथ बढ़ाया, शशांक ने डिब्बी उसकी हथेली पर रख दी।

"ओह, यह इयरिंग तो···" कादम्बरी ने डिब्बी खोल ली थी।

"हीरे के हैं। साढ़े चार हज़ार कह रहा था, आख़िर चार में मान गया।" शशांक ने कादम्बरी का वाक्य पूरा किया।

शशांक की उँगलियों ने सिगरेट सुलगा ली थी। क़श खींचकर वह धुआँ छोड़ने

लगा। कादम्बरी की आँखों के आगे लाल गुलाब तैर गये, वे मख़मली लाल गुलाब, जो अब तराशे हुए पत्थर बन चुके थे, ठोस, ठण्डे और चमकदार। पर उसका मन उन्हें क़ीमती मानने को तैयार नहीं हुआ। सहमी-सी उसकी उँगलियाँ इयरिंग में जड़े हीरों को सहलाती रहीं, मानो वहीं कहीं गुलाब की बिखरी, नर्म पंखुड़ियाँ ढूँढ़ रही हों।

• •

गुलमोहर के गुच्छे

एक

बम्बई अस्पताल की बीमार शय्याओं के पीले-दर्दीले फैलाव के नीचे एण्टीसेप्टिक स्वच्छता चमक रही थी। प्राइवेट वार्ड के दो-दो बेडवाले एक रूम में दो भाई, सैमुअल फ़र्नाण्डिस और फ्रेडरिक फ़र्नाण्डिस नामी मनोचिकित्सक डॉक्टर देसाई के निरीक्षण में पैसीटेन, एस्काज़ाइन, सीक्विल और न जाने कौन-कौन-सी शान्तिवर्धक, उद्दीपननाशक गोलियों की बन्द-सी दुनिया में नॉर्मल होने की प्रतीक्षा कर रहे थे। ये गोलियाँ उनके व्यक्तित्व के सन्तुलन को किसी प्रकार ठीक तोल में बैठा देंगी, उनकी क्रियाओं को अधिक आत्म-नियन्त्रित कर देंगी, कुछ ऐसी आशा उनके दिलों में बन चुकी थी। इसीलिए फ्रेडरिक को डॉक्टर देसाई का विनम्र निर्देशन प्रथम 'सैशन' से ही मंजूर था। बल्कि, उनके साथ पहली ही सिटिंग के पश्चात् उस रात को उसे वह स्वप्न नहीं आया जिसमें ख़तरा सदा अदृश्य रहता, किन्तु उसका आभास उसके चारों ओर ऐसा जम जाता कि चीख़ उठने की उसकी नपुंसक कोशिश उस पथराये भय में एक हलकी दरार भी न पैदा कर पाती। पसीने से लथपथ थकान उसे फिर दिन में भी प्रकृतिस्थ न होने देती। तमाम दिन वह अपने को किसी राक्षसी, अमानवी यातना का 'टारगेट' महसूस करता रहता। इतना 'वल्नरेबुल', कि लगता, कोई भी शै उसे कहीं भी 'टॉर्चर' कर सकती है। अपनी देह पर मढ़ी खाल और नर्म गोश्त के प्रति वह भयातुर हो उठता। लगता, जैसे वह कभी भी लहूलुहान हो सकता है। कुछ भी उसके शरीर को भेद जायेगा। जिस्मानी पीड़ा की कल्पना उसे पल-पल सिहराती रहती। वह सोचता, क्या ऐसा नहीं हो सकता कि आदमी दिन-भर कवच पहनकर घूमा करे? काँटा लगने या आलपीन चुभने पर भी वह एकदम से अव्यवस्थित हो उठता। "कितनी नाज़ुक ख़ाल है। बस, काँटा भी तो घुप्प से खुबजाता है इसमें।"

अपने शरीर को तकलीफ़ से बचाये रखना उसकी मेजर व्यस्तता थी। इस संबके बावजूद वह शरीर से हृष्ट-पुष्ट और बलिष्ठ था। उसके शरीर की ओलम्पिक बनावट का ज़िक्र अक्सर ड्यूटी-रूम में नर्सों की ज़ुबान पर भी चल निकलता और एक कलफ़-लगी हँसी उनकी बगुले-जैसी यूनिफ़ॉर्म के अन्दर तक थिरक जाती। उसी दैहिक गठन पर बारबरा भी रीझ गयी थी। हर बात में पहल बारबरा ने ही तो की थी। बारबरा की हथेली जब उसके चहेते इकलौते शरीर से अत्यधिक बेतकल्लुफ़ हो उठती, तब भी वह चौकन्ना लेटा रहता कि जैसे उसकी उँगलियों के लम्बे, उभरे मेनिक्चोर्ड नख अपने गोश्त में गड़ते ही वह आत्म-रक्षा में उछलकर दूर हट जायेगा। इसी तनाव में उसकी प्रतिक्रियाएँ कुन्द हो जातीं और वह किसी दक़ियानूस औरत की तरह सपाट बारबरा को एक सीमा तक अपने शरीर से प्यार करने देता। किन्तु सीमा पर आकर वह फन्नाटे से उठ खड़ा होता। बारबरा का हठी संकेत उसे जिस ओर ले जाना चाहता, उस दिशा में जाने का अर्थ था किसी के मांस को भेदना, और यह वह नहीं कर सकता था। चाहना और दर्द न देने की इच्छा की अजब-सी कशमकश में वह बारबरा का हर हठीला प्रयत्न नाकाम करता चला जाता। बारबरा के उकसाने-समझाने-बुझाने, के बावजूद हर हाल में फ्रेडरिक फ्रेडरिक ही बना रहता। एक बार तो फ्रेडरिक के बचाव में पैंतरे बदलते ग्रीक-गॉड-जैसे जिस्म पर बारबरा ने बिलबिला-कर दाँत ही गड़ा दिये थे। फ्रेडरिक अपना कन्धा दबा इस पुरजोशी से उछला था कि बारबरा की अतृप्त आँखें विस्मय से फैल गयी थीं। फिर उसे फ्रेडरिक की चिन्तातुर मुद्रा देखकर हँसी भी आ गयी थी। किन्तु दंश अभी भी चीस रहा था।

"नार्सिसस! बहुत प्यार करते हो अपने जिस्म से!" तीन 'स' होने की सहूलियत के कारण बारबरा ने 'नार्सिसस' शब्द 'हिस' करके कहा था, किन्तु फ्रेडरिक चुपचाप ज़ख़्म पर बर्नोल की परत बिछाता रहा था।

बारबरा ने अपने ख़ूबसूरत नग्न शरीर को एक कँगूरेदार अँगड़ाई में तोड़ा था। उस अँगड़ाई के कटावदार मोड़ों पर फ्रेडरिक आँखें फँसाये दूर ही खड़ा रहा था, हालाँकि उसके शरीर के चौराहे पर कहीं गुलमोहर चटख़ उठे थे।

"यू आर क्राइंग फ़ॉर सायकेट्रिक हेल्प!" बारबरा ने दोनों हथेलियों का सिरहाना बनाते हुए कहा।

"चलोगे न फ्रेडरिक? बिलीव मी, इट इज़ इम्पार्टेण्ट। सेक्स इज़ वेरी वेरी इम्पार्टेण्ट, एण्ड, बिसाइड्स, आइ वाण्ट टु मैरी यू।"

बारबरा के अंकल बम्बई अस्पताल में डेण्टिस्ट थे। उनकी बदौलत ही फ्रेडरिक को डॉक्टर देसाई मिले थे। डॉक्टर देसाई की सूदिंग पर्सनैलिटी सिडेटिव की चार गोलियों का असर रखती थी, अपने आप ही मन उनसे सब-कुछ कह डालने को हो आता।

उनसे कुछ भी कहना, दोस्त से गप मारने-जैसा सहल और किसी पासटाइम-जैसा मनोरंजक भी लग सकता था। डॉक्टर देसाई उसके जीवन का सकील से सक़ील अनुभव सहज ही हज़म कर जाते। उसे कभी तोलते नहीं, उसके कर्म पर टिप्पणी भी नहीं करते। (हालाँकि मन ही मन वह यही कुछ कर रहे होते।) पर फ्रेडरिक को उनका सुनते जाना बड़ा राहत-भरा लगता। उसे बात के बीच ही में टाँग अड़ाते औरों के जुमले याद आते :

"पागल हो ! ऐसे भी कहीं होता है ?"

"अरे यार, ऐसा तो होता ही रहता है। अब, मुझे ही लो।"

"बन्द भी कर यार, यह मोनोलॉग। पूरा एल. पी. चलाकर रख दिया।"

"गुमसुम क्यूँ है यार,अबे, कुछ बोल भी... अच्छा, बस, बस, रहने दे। फिर नॉन-स्टॉप चालू हो जायेगा।" वग़ैरा-वग़ैरा।

डॉक्टर देसाई का सुनते जाना और उसका कहते जाना ही फ्रेडरिक का कहीं कुछ क्योर कर रहा था। जैसे बोलकर उसने अपने अन्दर जमा होता तमाम कचरा बुहार-समेटकर फेंक दिया हो। दिमाग़ धो डाला हो। डॉक्टर देसाई-जैसे 'माइल्ड' आदमी ने कब उसके दिमाग़ को कुरेदना शुरू किया, उसे मालूम ही न चला। उसने अपने को बस कहते पाया :

"आप जानते हैं, डॉक्टर देसाई, मेरा बाप कितना बड़ा बास्टर्ड था। दैट स्वाइन ! ह्वाट डिडण्ट ही डू टु माई मदर। और मम्मी सब-कुछ सहती ही चली जाती थीं। बायकल्ला की ढहती-सी, सड़ी-सी, काईदार बिल्डिंग के एक कमरे में हम चारों रहते थे। हम दोनों भाई, मम्मी और वह, मेरा बाप। कमरे के दरवाज़ों-खिड़कियों पर काले, बदरंग परदे लटके रहते, किसी अनाथ लड़की की सुथ्थन-से फूहड़। इधर से उचके हुए, उधर से लटके हुए। कोनों के छल्ले उखड़े हुए। रियली, दोज़ करट्न्ज़ वर डिटैस्टेबल, एण्ड-सो डिप्रेसिंग। कमरे में एक ढीला, झूलता-सा निवाड़िया पलंग था, जो हर रात उन दोनों के समेत चूँ-चूँ करता, कराहता, छटपटाता रहता। हम दोनों भाई तो फ़र्श पर रग डालकर सोते थे और उस रोते, हाँफते, बदहवास पलंग को 'द टॉर्चर बेड' कहा करते थे। रंग-रोग़न उतरे हुए तीन ट्रंक भी पलस्तर-उतरी दीवार के तीन कोनों में रखे थे, जिन पर बैठने की सुविधा रहती। मम्मी तो ज्यादातर किचन में ही खटर-पटर करती रहतीं। क्रॉस पर लटकी ईसा मसीह की एक तसवीर भी इसी किचन में थी। बाहर, गैलरी में आगे जाकर, कॉमन लैट्रीन थी। वाश-बेसिन का काम किचन-सिंक से ही लिया जाता। किचन-सिंक के नीचे लो-लेवल पर एक नल था, जिसके क़रीब पसरकर हम नहाया करते थे। मम्मी की फ़ेडेड-ब्यूटी उस चोलेनुमा प्रिण्टेड फ्रॉक में भी मधुर लगती, जिसे वह अधिकतर पहने रहतीं।

क्रिसमस के लिए उनके पास एक स्पेशल ड्रैस थी, गुलाबी-गुलाबी-सी। और

एक ब्रूच भी, जिसे वह चौदह कैरट सोने का बतलाया करतीं । उस गुलाबी फ्रॉक और सोने के ब्रूच को पहनकर जब अपने को आईने में मुसकराकर देखती तो एक किरण उनके मुख पर पिघल जाती । तब मेरा मन उन्हें एक झकाझक ब्रोकेड का फ्रॉक और मोती के इयरिंग्स देने को करता । उन्हें पहनकर कितना खुश होतीं वह । गुरबत में भी उनके अन्दर की औरत मरी नहीं थी । उन्हें नयी ड्रैस और ज़ेवर न दे सकने की अपनी असमर्थता को मैं उनके गालों को दोनों तरफ़ चूमकर भुलाना चाहता । चाहता कि उस स्वाइन, अपने बाप की ठर्रे की बोतल फ़र्श पर दे मारूँ और कहूँ कि वह मम्मी को एक नया ब्रोकेड का ड्रैस ला दे। मम्मी को एक चीज़ और अच्छी लगती थी —अपना बर्थ-डे। उस रोज़ वह बच्चों की तरह खुश हो उठतीं और गुनगुनाती हुई काम करतीं । पर वह दिन सिर्फ़ उनकी सवेरे की ख़ुशी और गुनगुनाने के अलावा वैसा ही गुज़र जाता, जैसे और दिन। बल्कि किसी-किसी साल तो मेरा बाप कुछ अधिक ही बवण्डर खड़ा कर देता । पर तब भी मम्मी को हर साल अपने बर्थ-डे पर कुछ जादुई अनहोनी घटना की उत्सुकता रहती । और एक बर्थ-डे पर तो वह फ़ेयरीटेल घट ही जाती, यदि बीच में वह दैत्य, मेरा बाप, न आ जाता । हमारे उस एक कमरेवाले घर में शाम होने से पहले ही अँधेरा भर जाया करता था, और वह कुछ अधिक मनहूस लगने लगता । मैं और सैमी खेल के मैदान से लौटे तो देखा, मम्मी अपने गुलाबी फ्रॉक में चौदह कैरेटवाला ब्रूच लगाये किरोसीन स्टोव पर बैठानेवाले काले लोहे के ओवन से केक निकाल रही हैं। कमरे में एक अजनबी बैठा है—दयालु-सा, माइल्ड-सा, ठीक मेरे बाप का उलटा। उसकी आँखें गीली-गीली-सी हैं । मम्मी खुश-खुश हैं ।

हम सबने एक साथ चाय पी। मम्मी ने चार एक-से बूटेवाले कप-सॉसर निकाल लिये थे । एक-एक केक का टुकड़ा भी खाया । मम्मी एकदम सेलीब्रेशन के मूड में थीं और उस आदमी ने पाँच मिनट में ही हम तीनों को क़हक़हे लगाने पर विवश कर दिया । सच, इतना हम कभी नहीं हँसे थे । हम इतना-इतना हँसे कि लगा, वे काले बदरंग परदे एकदम से स्कार्लेट हो उठे हैं । और जैसे हँसते हुए हमारे चेहरे हवा में थिरकते गुलमोहर के गुच्छे हैं । वह 'टॉर्चर बेड' भी यूँ लगने लगा, जैसे वह महज़ एक मासूम-सा बिस्तर-ए-राहत हो ।

"मुझे लगा, मम्मी के लिए ब्रोकेड के फ्रॉक की कोई ज़रूरत नहीं । उन्हें खुश करने को पर्ल इयरिंग्स भी नहीं लाने पड़ेंगे । और, मैं तो और भी खिलकर हँसने लगा । हँसी की गुदगुदी स्वर-लहरियाँ गुलमोहर की लचीली डालियाँ बन गयीं । कमरे में गुलमोहर ही गुलमोहर छिटक गये । बल्कि उस आगन्तुक को मैंने चार जोक्स भी सुनाये, जिन्हें सुनकर वह हँसी से बेक़ाबू हो गया था । और, इसी मस्ती के बीच वह आ गया था । लड़खड़ाता, बदबू उड़ाता, जानवर की तरह आड़ लेकर घूरता-सा, स्थिति को तोलता हुआ, मम्मी की तरफ़ ऐसे देखता हुआ, जैसे शिकार

और अपने बीच का फ़ासला नाप रहा हो। मम्मी एकदम से खड़ी हो गयीं। कमरे में हँसी ऐसे थम गयी, जैसे किसी मैकेनिकल खिलौने की चाबी एकदम-से खत्म हो गयी हो। मम्मी हड़बड़ाकर बोलीं, "यह माइक है। माइक डार्लिंग, यह जॉन है, शादी के बाद आज ही…"

लेकिन मेरा बाप जा चुका था, बिना एक शब्द भी बोले।

उसके बाद फ़िज़ा बनी ही नहीं, और जॉन नाम का मेहमान भी चला गया।

रात को वह 'टॉर्चर बेड' बरदाश्त की हर सीमा पार कर गया। घुप्प अँधेरे में लगा, उस बेड पर बैठा क़साई चुपचाप, बकरे की गरदन पर छुरा रखे उसे हलाल कर रहा है। सिर्फ़ एक बार ही मेरे बाप के भिंचे दाँतों के बीच से फुसफुसाहट सुन पड़ी थी :

"यू स्लट ! बेशर्म औरत…याराना…

बकरे के गले से घुटी-सी कराह निकल गयी थी, और फिर मैं सह नहीं सका था। उठकर भक्क से बत्ती जला दी थी। पहले मेरी नज़र मेरे भाई पर पड़ी थी, फिर उन दोनों पर। भाई अँधेरे में पहले से ही चौकन्ना बैठा स्थिति का अन्दाज़ा लगा रहा था, लेकिन उसके मुख पर घबराहट के कोई चिह्न नहीं थे। मेरी माँ का रंग नीला पड़ रहा था। उस राक्षस के हाथ माँ की गर्दन पर कसते ही जा रहे थे। माँ अपनी कोमल बाँहों से उस फ़ौलादी गिरफ़्त को ढीला करने की कोशिश कर रही थी। मेरे बाप के चेहरे पर क्रूर निश्चय था। माँ के चेहरे पर मौत का रंग।

"नहीं ऽऽ ! न ऽ हीं ऽ !"

मैं शायद हिस्टीरिकल हो गया था। बाप की उँगलियों की पकड़ उस समय ढीली पड़ी, जब माँ के प्राण ज़रा से ही शेष रह गये थे। उन्हीं साँसों के सहारे वह जीवन में दोबारा खड़ी हो पायी थी।

"बाप ने अब मुझे पीटना शुरू किया, उसके पुण्य कार्य में बाधा जो पड़ गयी थी। ताबड़तोड़ थप्पड़ों, घूँसों, लातों, गालियों के बीच मुझे एहसास हुआ कि सैमी मुझे बचाने की क़तई कोशिश नहीं कर रहा है, वह मन लगाकर ऐसे नज़ारा देख रहा है, जैसे कोई धाँसू फ़िल्म देख रहा हो। आस-पड़ोस की ऐतराज़-भरी आवाज़ों और दरवाज़े पर पड़ती दस्तक ने बाप के वार रोक दिये। वह दरवाज़ा खोल, भीड़ को धकेलता, अँधेरे में खो गया।

"भीड़ अन्दर आ गयी। सारी रात माँ और मेरा उपचार भी करती रही। निढ़ाल पड़ी, निरीह-सी, मुझे एकटक देखती मेरी माँ मुश्किल से पानी माँग पायी थी। कोई उसके सूखे गले में ग्लूकोज़ का पानी डाल रहा था। किसी ने मुझे चार चम्मच शक्करवाली, खूब स्ट्रोंग कॉफ़ी भी पिलायी। कोई मेरे नील सेंक रहा था। कोई मेरी दुखन पर मरहम लगा रहा था। पीड़ा का राहत में डूबने का सुख ! कितना भला लग रहा था। दर्द से तिलमिलाते मेरे शरीर के नीचे किसी ने नर्म गद्दा

डाल दिया था। मेरी सूजी हुई पलकों पर ठण्डा फाहा भी आ गया था। कितना चैन मिल रहा था ! चाबुक की मार-सी उठती दर्द की लहर थम रही थी ˙ थम रही थी ˙˙उफ़ ! माँ को भी, मम्मी को भी इतना ही दर्द हुआ होगा, रोज़ ही होता होगा ˙ ।"

दो

सैमुएल को डॉक्टर देसाई को देखकर बहुत एम्यूज़मेण्ट होता जैसे कि उस शाम मम्मी के हमदर्द-दोस्त, जॉन को देखकर हुआ था। वही, माइल्ड, अण्डरस्टैण्डिग, समझौतेवाला व्यक्तित्व। और, अब यह साहब, सैमी की मानसिक ग्रन्थियों की गठानें खोलने चले हैं। देखें, इनका एप्रोच भी देखें। सैमी कह रहा था, "डॉक्टर, आपको देखकर मुझे बचपन में मिले एक सज्जन की याद हो आयी।"

"अच्छा ! कौन सज्जन थे वह ?"

"थे कोई, मेरी कायर माँ के हमदर्द ! मगर वह अबला, मेरे बाप को छोड़कर उसके साथ भाग भी न सकी। आप हेट सच विमेन ! जो सहती जाती है, कर कुछ नहीं सकती। डू यू नो ? जब मेरा बाप उसकी धुनाई करता था, तो मुझे उसपर ज़रा भी दया नहीं आती थी। क्यूँ वह उठकर उसे एक पुरज़ोर तमाचा भी नहीं मार सकी ? या फिर उसे छोड़ ही देती, पर वह तो किसी बीमार कुतिया की तरह किक-पर-किक खाये गयी और उसी दहलीज़ पर पड़ी रही। और वह पिल्ला ! मेरा छोटा भाई फ्रेडरिक, बाप की मार खाकर कें-कें करता रहा, पिटता ही रहा ! माँ का गला घुटता देख, न्यूरॉटिक वूमन की तरह, हिस्टीरिकल जो हो गया था। माँ जितनी कमज़ोर-कायर और सैण्टिमेण्टल थी, वह थी ही पिटने लायक़ ! तभी मेरा बाप सैडिस्ट की तरह उसपर सवार रहता। कमज़ोर की मिमियाहट देखकर घृणा और क्रोध दोनों ही आते हैं। उसे सताने में मज़ा भी। मैं उसी रात उन दोनों, माँ और फ्रैडी को छोड़कर चला गया था। फिर, पूरे दस बरस बाद लौटा था, यह देखने कि माँ अब भी पिटती है कि नहीं और फ्रैडी अब भी हिस्टीरिकल होता है कि नहीं। आकर देखा, माँ-बाप दोनों दफ़नाये जा चुके हैं, और वह वफ़ादार पिल्ला अब भी उस एक कमरे के घर में रह रहा है। सिर्फ़ उस घर के परदे अब स्कार्लेट और ब्राउन छींट के हैं। और उस झींगले, रोतड़े पलंग के बजाय अब एक 'नैरो' लकड़ी का मज़बूत-सा दीवान है। दीवान के पास तिपाई पर छोकरे ने एक ट्रांज़िस्टर भी रख छोड़ा है। कमरा ख़ूब साफ़-सुथरा कर रखा था, लड़कियों की तरह। द बेबी ऑव माइ मदर ! ईवन, इन दैट फ़िज़ीक़, ही हैज़ द हार्ट ऑव ए गर्ल ! उसने मुझे बतलाया कि उसने मिशनरी स्कूल में चैरिटी वार्ड रहकर सीनियर कैम्ब्रिज पास कर लिया था और वहीं, स्कूल के क्लैरीकल स्टाफ़ में खप गया था। मैंने भी उसे बतलाया कि भागते-भटकते, मैं 'द सेनसेश्नल्ज़' बैण्ड में ड्रमर हो

गया था। ड्रम्स पर प्रचण्ड चोट करके एक जंगली धमाका पैदा कर सकना मेरी विशेषता बन गयी थी।

"मैं तो कोलाबा में पेइंग गेस्ट की तरह रह रहा था, पर आज हम फिर से रूम-मेट हो गये हैं। जस्ट ईमैजिन! वह पिल्ला और मैं! आइ वुडण्ट हैव बीन हीयर, बट फॉर दैट बिच, मार्था। कमबख्त, सेक्सुअल – ऑनस्लॉट सह ही नहीं सकी। ज़रा-सी तकलीफ़ में चीखने लगी कि मैं सेडिस्ट हूँ, एबनार्मल हूँ, आइ नीड हेल्प! अगर उसके शरीर पर वाक़ई मेरे नाखूनों के खूनी ज़ख्म और नीले-नीले निशान एवीडेन्स के तौर पर न होते (लोग-बाग ऐसे निशानों के फ़ोटोज़ तक उतरवा रखते हैं, डॉक्टर) और, उसने पुलिस में रिपोर्ट करने की धमकी न दी होती, तो मैं यहाँ होता ही नहीं। मेरी माँ के साथ तो रोज़ ही वैसा होता था। शुरू-शुरू में मैं भी रोया करता था। उसका दर्द देखकर घबराहट से मितलाई आने लगती थी, पर बाद को आदत पड़ गयी। उस रात तो माँ को और फ्रैंडी को पिटते देख मुझे बहुत एक्साइटमेण्ट हुआ।

"बिल्डिंग से निकलते ही मैंने अहाते में औंधी सोयी हुई एक मरियल-सी कुतिया पर ढेला फेंक मारा था कि देखें, यह चिचियाती हुई भाग खड़ी होती है कि अपने दाँतों से मुझे भँभोड़ डालने को उछल पड़ती है। वह कींऽ ईंऽ की लगातार सीटी बजाती दौड़ी थी। उस रोज़ के बाद पीछे घूमकर दस वर्ष बाद ही देखा था। डॉक्टर, तुम भी मुझे एक बेहद लिज़लिज़े, दब्बू क़िस्म के इन्सान लगते हो। जी चाहता है, तुम्हें 'टॉर्चर' करके देखूँ, तुम्हारे चेहरे पर क्या भाव आता है।"

सैमुएल ने मज़ाक़-मज़ाक़ में जलती हुई सिगरेट की टिप डॉक्टर देसाई की कलाई पर जमा दी। डॉक्टर देसाई ने ठण्डेपन से हाथ झटक लिया, जैसे कोई ज़िद्दी मक्खी उड़ा रहे हों। वह बोले :

"तुम्हारे अन्दर दया, आक्रोश, सहनशक्ति, सेक्स, सब गड्डमड्ड हो गये हैं। कन्फ़्यूज़न-ही-कन्फ़्यूज़न है।"

सिगरेट की जलन ने ही शायद डॉक्टर देसाई से इतना कहलवा दिया था।

तीन

उस रोज़ डॉक्टर देसाई कुछ जल्दी ही अस्पताल के राउण्ड पर निकल गये। विज़ि-टिंग आवर खत्म होने से पहले ही वह सैमुएल और फ्रेडरिक के कमरे में पहुँच गये। मार्था और बारबरा को मिज़ाजपुर्सी के लिए आया देख बरबस उनके मस्तिष्क में एक हास्यास्पद विचार उठ आया कि अगर इन दोनों भाइयों की प्रेमिकाएँ अदल-बदल जायें तो? तो शायद, इन युवतियों की निजी समस्याएँ कुछ हल्की हो जायें। पर जाने क्यूँ, उन दोनों युवतियों के मुख और भाव को देखकर लगा कि ये उस धातु की बनी हुई नहीं हैं जिसमें अदल-बदल की गुंजाइश हो। यह नारी का वही

जोंकवाला स्वभाव है जो किसी भी देश और क़ौम में पाया जा सकता है, जो प्रेमी को पति होने तक नहीं छोड़तीं और उसके पश्चात् भी जीवन-भर, उनकी कमज़ोरियों से अपनी समस्याओं के बावजूद झटक नहीं पातीं। सैमुएल और फ्रेडरिक के माँ-बाप ने जो कुछ भी दुर्बलताएँ, प्रवृत्तियाँ, ग्रन्थियाँ विरासत में पुत्रों को सौंपी हों, परिस्थितिवश या वंश-परम्परा के रूप में, उनकी असली उत्तराधिकारी ये दोनों युवतियाँ ही हैं। शायद यही प्रकृति का नियम, समाज का सन्तुलन है कि हर जोंक-प्रवृत्ति नारी को ऐसा पुरुष मिल ही जाता है, जिसे जीवन-भर देखभाल की ज़रूरत होती है।

● ●

दूसरा प्यार

वह लुटा हुआ पेड़ अपनी दोनों सबल भुजाएँ फैलाये खड़ा था। उस घर के लोगों ने उसकी अन्य तमाम शाखाएँ काट दी थीं, और उसपर दोरंगा बोगनबेलिया लाद दिया था। सफ़ेद और फ़ालसई फूलों से लदा बोगनबेलिया किसी शृंगार-प्रिया यौवना की भाँति उस पेड़ के सीने से सटा, आत्म-समर्पण कर रहा था। वृक्ष अपनी दोनों भुजाएँ आकाश की ओर उठाये संन्यासी-सा अटल खड़ा था। उसपर एक भी पत्ता न था। बोगनबेलिया के बेशुमार फूल रह-रहकर काँपते, थिरकते रहते। सुनसान दोपहरी में दूर कहीं घुग्घू अपनी 'घुग्घू ऽ घू—घुग्घू ऽ घू' की निरन्तर रट लगाये था। घड़ी की टिक-टिक की भाँति घुग्घू ऽ घू की एकरस लय सन्नाटे के एहसास को तीव्रतर कर रही थी। हॉलीहॉक्स के आदमक़द पौधे, क़तार बाँधे किसी अनाथाश्रम की टोली की भाँति मुँह खोले याचना कर रहे थे। बोगनबेलिया की कटी-छँटी, अपर्याप्त छाया के नीचे कुरसी डाले मधुरिमा बैठी थी। गोद में रखी किसी पत्रिका के पन्ने हौले-से अपने-आप ही उलट जाते। वह एकटक सिर पर झुके फूलों की रंगारंग होली को निहार रही थी। काली छपाई का चौड़ा किनारा कलफ़-लगी सफ़ेद झकाझक वायल की साड़ी पर किसी चित्र की गहरी सीमा-रेखाओं की भाँति मधुरिमा के शरीर की रेखाओं को उभार रहा था। गले में सोने की चेन पड़ी थी। काले केशों का एक सघन कुण्डल, गोरे-चिकने कपोल को चूम रहा था। इस समय उसका मुख कैसा लग रहा होगा? बिन्दी और लिपस्टिक के अभाव में वह 'फ़ेसलेस' महसूस कर रही थी, जैसे कोई चित्र अधूरा रह गया हो।

पाँच बज रहे थे। पीली धूप ठण्डी पड़कर नीली और नम हो आयी थी। नौकर चाय की ट्रे रख गया था। समय धीर-गति से जा रहा था, जैसे नभ पर सुरमई बादलों की पाँत। अचानक सैकड़ों कौए तितर-बितर हो, बेतरतीब आकाश में इधर-उधर चक्कर काटने लगे। काँव-काँव के शोर से आसमान गूँज उठा, सम्भवतः उनके किसी साथी

को बिल्ली झपट ले गयी थी। कुछ क्षण पश्चात् ही वे शान्त हो वापस पेड़ों की शाखों पर जा बैठे।

गोरा-गोरा दिन ढलने पर था। साँवली साँझ धीरे-धीरे घिर आयी थी। उस घर में शाम किसी प्रेतात्मा की तरह उतर रही थी, विकल, एकाकी, भटकी हुई-सी। तमाम घर एक बेचैन उदासी में डूबा था। मधुरिमा उठकर अन्दर चली गयी। श्रृंगार-मेज़ के दर्पण में उसका श्वेत-श्याम स्कैच उभर आया। हौले-से दराज़ खोलकर उसने एक हलके रंग की लिपस्टिक निकाली। होठों पर एक हलकी-सी परत लगा, दोनों होठों को परस्पर भींच लिया। होठों पर लालिमा इकसार हो धधक उठी। वर्णहीन स्कैच ज़रा-से रंग का सहारा पा खिल उठा। तुरन्त ही उसने लिपस्टिक पोंछ डाली। हल्का-सा गुलाबीपन होठों पर अपराध-सा बच रह गया।

"खाना क्या बनेगा?" तभी नौकर ने आकर टोका।

"कुछ भी बना लो।" अरुचि से मधुरिमा ने कह दिया।

वह विरक्त-सी फिर बरामदे में निकल आयी। शाम के चेहरे पर धीरे-से रात्रि ने कालिख पोत दी थी। बोगनबेलिया का लदान किसी झबरे कुत्ते की भाँति वृक्ष की छाती पर लोट रहा था। मधुरिमा का जी चाह रहा था कि एक खुला, हरी घास का फैला-सा मैदान हो, जिसका ओर हो न छोर हो, और उस भीगी ओस-भरी घास पर वह नंगे-पाँव बेतहाशा भागती जाये, भागती जाये, जबतक कि उसकी साँसों का उफान उखड़ न जाये और बदन घूमते पंखे की धार से चोट खायी चिड़िया की मानिन्द फड़फड़ाकर किसी की बाँहों में न समा जाये और वह अपना समस्त भार उस बोगनबेलिया की तरह किसी चट्टानी सीने पर लाद दे।

□□□

कपिल की मिट्टी उठे छह मास बीत चले थे। कपिल केवल चार रोज़ की बीमारी भुगत उसे वैधव्य की श्वेत चादर उढ़ा गया था।

जवान मौत के घोर क्रन्दन से घर भर गया था। किन्तु अचानक मृत्यु के दसवें दिन मधुरिमा की आँखों का पानी समाप्त हो गया था। उसका रोना एकदम से थम गया था। कपिल उसे याद आता, किन्तु उस याद में अकुलाहट नहीं, एक सुख था। वह सिर को इस क़दर झुकाये रहती कि कोई उसका अश्रुविहीन मुख न देख सके, नहीं तो पता नहीं लोग क्या कहते! मधुरिमा ने सहसा मृत्यु-जैसे अकाट्य तथ्य को स्वीकार लिया था और यह भी समझ लिया था कि किसी भी जीवित शरीर का मृत से बँधा रहना स्वाभाविक नहीं, एक थोपी हुई बात है।

□□□

पास के घर के बग़ीचे में एक पेड़ असंख्य सुनहरे पत्तों से भरपूर यूँ खड़ा था, जैसे हाथ लगते ही चरमराकर बिखर जायेगा। उसका हर पत्ता खुश्क और करारा था। वह नाज़ुक-सा पेड़ अपने पापड़-जैसे सूखे पत्तों को लेकर जब हवा में हिल उठता, तो एक कराह उसके पत्तों में से गुज़रकर वातावरण में खो जाती। धूप की आग में तपकर वह सोना हो गया था। पेड़ के चारों ओर हरी दूब बिछी देखकर विस्मय होता। लगता, वहाँ घास नहीं, मरुभूमि की रेत होनी चाहिए थी। घास से परे लाल बजरी बिछी थी। उसी पर चरमराते क़दम रखती शामी चली आ रही थी। पेड़ के पास आकर वह अकारण ही खड़ी हो गयी और शून्य में ताकने लगी। उसकी पीली-पीली पीतली सी रंगत गुलाबी-रेशमी साड़ी से बिलकुल अलग-थलग लग रही थी। चेहरे का रंग साड़ी के रंग में ज़रा भी घुल-मिल नहीं रहा था। माथे पर बिन्दी थोपी हुई-सी लग रही थी। लिपस्टिक की तह के नीचे होठ रह-रहकर थरथरा उठते। आँखें इतनी उज्ज्वल, जैसे पुतलियों के चारों ओर किसी ने मोती चूर-चूर कर भर दिये हों। काली बड़ी-बड़ी पुतलियाँ आँखों में बराबर समा नहीं रही थीं। रह-रहकर उनके आस-पास पानी चमक जाता। मालूम नहीं, हँसते हुए शामी अब कैसी लगती होगी। शामी ने सायास होठों को रबड़ की तरह खींच-कर मुसकराने का प्रयत्न किया। घायल दन्त-पंक्ति की आभा, कण्ठ में पड़ी मोतियों की माला पर स्वयं को दोहरा गयी। किन्तु, कण्ठ से जो स्वर हँसी के साथ फूटा था, उसने हँसी का कोई साथ न दिया; वह सुनहरे पत्तों में से गुज़रती कराह में शामिल हो गयी। जी चाह रहा था, उसके पाँव-तले नर्म घास नहीं, मरुभूमि की जलती-चुभती रेत हो और शामी उसमें अपने नंगे पाँव गड़ाती जाये, गड़ाती जाये, जबतक कि वह समूची उस गरम कोख में समा ही न जाये।

घर के भीतर से माँ, भाई, बहनों की पुलक-भरी हँसी सुनायी पड़ रही थी। वे सब मैटिनी-शो में जाने की तैयारी कर रहे थे। शामी से 'न' करते बन नहीं पड़ रहा था। 'न' कहते ही असंख्य प्रश्नों की झड़ी लग जायेगी, और उन प्रश्नों को लापरवाही से टालते जाने की सामर्थ्य आज उसमें नहीं है।

आज कपिल की मिट्टी उठे छह मास बीत चले। जीते-जी मौत क्यूँ आ जाती है? मौ ऽऽऽ त! किसी विमान की गर्जना की भाँति वह शब्द मन के पथ पर सीधा गरजता हुआ निकल गया।

मैटिनी-शो से आने के पश्चात् सब उसी चित्र के पोस्ट-मार्टम में लगे थे। कहानी, संवाद सभी की बखिया उधेड़ी जा रही थी। चाय के प्यालों की खनक, हँसी की ध्वनियों और क़हक़हों के बीच शाम किलक रही थी और शामी उस किलक से कटकर, अलग कहीं मन की खाइयों में पड़ी थी, जैसे बग़ीचे का वह पीला पेड़। तन से गुलाबी साड़ी भी उतार फेंकी थी। शरीर के कसाव को ढीला छोड़ वह किसी सस्ते कलेण्डर की चित्रकारी-सी, बंकिम हो बिस्तर पर पड़ गयी। दायाँ

घुटना मोड़कर पाँव के नख से बिस्तर को कुरेदती रही, जैसे खोद-खोदकर अतीत से स्मृतियाँ उखाड़ रही हो और पुनः उन्हें मन में बोती जा रही हो।

न जाने कब कपिल से वे हलकी मुलाक़ातें गहरा गयी थीं। कब, साथ-साथ, हँसते-हँसते अचानक लगा, उसका हृदय कपिल की मुट्ठी में है और मुट्ठी भींचकर कपिल ने उसे निचोड़ ही दिया है। न जाने वह कौन-सा पल था, जबसे शामी की अँगुलियों की पोर कपिल की कनपटी पर सँवरे केशों के बीच पड़ी, सफ़ेद लकीरों को छूने को अकुला उठी थी। यह किस रोज़ हुआ कि बात करते-करते कपिल की आँखों की सतह पर धूप का टुकड़ा मचलते देख अचानक अपने होंठ उनपर रख देने को जी चाहने लगा? क्यूँ कपिल की उपस्थिति की स्वाभाविक प्रतिक्रिया मुसकराहट और ताज़गी होती? कबसे लगने लगा कि वे ही पल सबसे सुखद हैं, जिनमें चाहते ही पलक उठायी और सामने वही सूरत नज़र आयी? क्यूँ चेहरों की अपार भीड़ में नज़रें वही नक़्श खोजा करतीं? क्यूँ ग़ैर-अलफ़ाज़ पर भी उस आवाज़ का ख़म उतर आता और परायी बातें भी अपनी-सी लगने लगतीं? क्यूँ ज़िन्दगी का हर हसीन एहसास उसकी मौजूदगी का मोहताज रहता? किन्तु मधुरिमा से उसे कभी ईर्ष्या नहीं हुई। औरों की तरह उसकी पत्नी का भी उसपर हक़ है, और बस। जो कुछ शामी कपिल के संग-साथ से चुरा लेती, वह किसी और का नहीं था। मधुरिमा कपिल के जीवन का अंश थी और शामी ने कपिल के जीवन के किसी भी अंश का कभी अशुभ नहीं चाहा। उसे कभी भी कपिल को मधुरिमा से छीन लेने की इच्छा नहीं हुई। किन्तु यह कपिल का यूँ एहसास की हर हद से बाहर हो जाना, आँखों से परे हो जाना, यह असह्य है। उसकी मृत्यु पर वह जी भरकर रो भी न सकी। अगर रोती, तो लोग न जाने क्या कह बैठते! शायद किसी ने सच भाँप लिया होता, तो वह अनाम, प्यारा-सा रिश्ता धूल में लोटने लगता, कीचड़ में सन जाता और कोई उस सम्बन्ध को एक बहुत ही सरल और सामान्य-सा नाम दे डालता। तब वह नाम उसके कानों की सुरंग में उतरकर ऐसा तुमुल नाद कर उठता कि उस बेहूदा शोर से माथा फट जाता।

और अब भी शामी अपना सारा क्रन्दन किसी एकान्त के लिए स्थगित किये पड़ी है। मरने से पहले वह एक रोज़ ज़रूर हाहाकार करके रोयेगी, हूक भरकर लाज छोड़कर, बिल्कुल वैसे ही जैसे उसका मन रोज़ किया करता है।

□□□

कपिल की मिट्टी उठे एक वर्ष बीत चुका। अतुल ने न जाने क्या कह डाला, मधुरिमा के कपोलों पर एक लाली दौड़ गयी। रक्त की गरमी से कपोल जल उठे। आँखों का रंग गहरा गया। अपने हर नक़्श की रेखाओं को वह महसूस कर रही

थी। अगले माह अतुल से उसका विवाह है।

□□□

कपिल की मिट्टी उठे छह वर्ष बीत चुके। मधुरिमा का गदराया बदन मक्खन-सा चिकना और गुदाज़ हो गया है। किन्तु पैंतीस वर्ष की आयु में भी एक उमंग मन में बसी है, वह क्षीण पड़ने का नाम ही नहीं लेती। बाहर उसके और अतुल के दोनों बच्चे ऊधम मचाते फिर रहे हैं। अतुल दौरे पर शहर से बाहर गया है। वह तमाम स्थगित कार्य अतुल की अनुपस्थिति में निबटा लेना चाहती थी। अलमारी उलट-पुलटकर फिर से जचा रही थी। एक दराज़ के बीच ढीठ बना, सख़्त-सा कुछ अटक रहा था। वह दराज़ को अन्दर-बाहर धकेलकर उस रुकावट को सरकाना चाह रही थी। आख़िर एक झटके से दराज़ समूचा बाहर आ उलट गया। फ़र्श पर कितनी ही मतलब-बेमतलब चीज़ें फैल गयीं। तभी, कपिल की हरी-सी वह डायरी उसके हाथों में पड़ गयी। उसने उसे तकिये के नीचे दबा दिया और चीज़ें समेटने लगी।

रात्रि में बिस्तर पर पड़े-पड़े वह उसी डायरी के पन्ने उलटने लगी। अतीत एक बार फिर आ उपस्थित हुआ, किन्तु पीड़ा-विहीन, केवल एक 'नॉस्टैल्जिया' का रोमांच लिये। बीच के किसी पन्ने पर ख़तनुमा-सा कुछ दर्ज था, मधुरिमा के ही नाम। वह पढ़ने लगी :

"मेरी मधु,

मैं जानता हूँ, मैं तुम्हारा गुनहगार हूँ। फिर भी न तो तुमसे क्षमा ही माँग सक रहा हूँ और न ही अपने अपराध को भूल ही पा रहा हूँ। कैसे कहूँ तुमसे? अच्छी पत्नी पाने की कामना कभी नहीं की, न इस जन्म में, न आनेवाले जन्म में। तुम्हारे समीप मैंने शान्ति, सुख, आनन्द, सभी कुछ पाया है। तुम शालीन हो, स्वच्छ हो, शान्त हो। मधु, संसार में पति-पत्नी का ही रिश्ता अटूट है। इस रिश्ते से बाहर जो भी आसक्ति है, मोह है, वह केवल एक आवेश है, एक भ्रम है, जो अस्थायी है।

शामी एक ज्वार है, जिसकी लपेट में मैं आ गया। कोई भी आ सकता था। वह आकर्षक है, सुन्दर है। वह वह क्या है, इसका वर्णन कर मैं तुम्हारी पवित्र कल्पना को ठेस नहीं लगाना चाहता, किन्तु विश्वास करो मधु, पुरुष होकर उसे ठुकरा पाना सहल नहीं। मुझमें इतनी शक्ति नहीं कि मैं अचल रहकर उसे दिशा दिखा सकूँ। भगवान् करे, उसे योग्य वर मिले और वह यहाँ से शीघ्र ही चली जाये। यह पत्र तुम तक पहुँचाने का साहस भी नहीं जुटा पा रहा हूँ। जानता हूँ, तुमने मुझसे प्रेम किया है, और प्रेम एकनिष्ठ है, शाश्वत है। इसी से आशा करता

हूँ यदि किसी रोज़ यह सत्य तुमपर खुला तो तुम मेरे प्रति अपने प्रेम को कदापि कटु न होने दोगी।

केवल तुम्हारा ही,
कपिल।"

शामी! ओह! इतने लम्बे समय में कितना कम दिखलाई पड़ी है। यदा-कदा उसकी माँ ही आकर समाचार दे जाती थी, "क्या बतलाऊँ, मधु बेटी, शामी तो ब्याह का नाम ही नहीं लेने देती। उससे छोटीवाली दोनों अपने घर-बार की हो गयीं। घर में बहू भी आ गयी। अब यह शामी भी पार लग जाती, तो गंगा नहा लेती।"

शामी छह वर्ष पहले कॉलेज में पढ़ा रही थी, सो अब भी पढ़ा रही है। इतना मधुरिमा को पता है। इससे अधिक जानने की उसे कभी इच्छा ही नहीं हुई थी। उसने अपनी आँखें अतीत की ओर मोड़ीं। बहुत सोचने पर कहीं-कहीं, कुछ-कुछ सन्दिग्ध याद हो आया। शामी अक्सर ही घर में आती-जाती रहती। वह मधुरिमा से वय में सात-आठ वर्ष छोटी थी।

अगले रोज़ रविवार था। सवेरे बच्चों को नाश्ता करा चुकने के पश्चात् मधुरिमा अनेक बार बाहर आकर साथवाले घर में झाँक गयी, पर शामी की झलक बहुत देर बाद मिली। ग्यारह के आस-पास वह वहीं घास पर बैठी कापियाँ जाँचती दिखलाई पड़ी। वह एक जले हुए पेड़ के ठूँठ से पीठ टिकाये बैठी थी। पेड़ का ऊपरी भाग जलकर कोयला हो चुका था। मधुरिमा को याद आया, दो बरस पहले दीवाली पर अचानक वह पेड़ कन्दील-समेत धू-धू करके जल उठा था। बच्चे ताली पीट-पीटकर उसे जलते हुए देख रहे थे, जैसे वह एक बहुत बड़ा पटाखा हो। उस एकाकी पेड़ से किसी वस्तु-विशेष को कोई ख़तरा नहीं था, इसीलिए उसे जलने दिया गया था। घास पर बादलों की छाँव थी। वृक्ष के ऊपरी भाग से खिसककर थोड़ा-सा कोयले का चूरा शामी के झुके मस्तक पर आ गिरा।

"शामी!" मधुरिमा ने धीरे से आवाज़ दी।

वह कुछ चौंकी, फिर उदासीन-सी कापियाँ जाँचने लगी।

"शामी!" मधुरिमा ने इस बार स्वर कुछ ऊँचा कर कहा।

चौंककर उसने पलक उठायी। सामने मधुरिमा को पा एक चोरों-जैसा भाव उन आँखों में आ गया।

"यहाँ आओ।" मधुरिमा की आवाज़ में अनायास ही मिठास घुल गयी।

शामी धीरे-से उठी और मन्त्रमुग्ध-सी गेट की ओर चल दी। गेट पार कर स्वप्न में खोयी-सी मधुरिमा के घर में दाखिल हो गयी। बरामदे तक पहुँचने में जैसे एक मुद्दत गुज़र गयी। मधुरिमा के नज़दीक पहुँचकर उसने सीधा अन्दर बैठक की ओर देखा, जैसे खोया अतीत खोज रही हो।

"चलो, अन्दर चलें।" मधुरिमा का स्वर अति कोमल हो आया। सहमे-से क़दम रखती वह बढ़ चली। परदा हौले-से अलग किया, जैसे किसी शव के मुख से चादर हटा रही हो। फिर उसकी नज़रें कमरे की हर दीवार, तस्वीर, सोफ़े और खिड़की को दुलराती-सरकाती रहीं, जैसे उनसे जुड़ी स्मृतियों को एक-एक पल वह फिर से जी लेना चाहती हो। मधुरिमा को अचानक उसपर अथाह दया हो आयी।

"कपिल, तुम मूर्ख थे। तुम्हारा वह आत्मनिवेदन एक मूर्खता थी। तुम कुछ नहीं समझे।" मधुरिमा ने अपने को मन-ही-मन कहते पाया। शामी के दुबलाये शरीर पर झूलती गुलाबी साड़ी, होंठों पर लापरवाही से फैलायी लिपस्टिक की परत, आँखों की कोर पर टिका कजरारा आँसू, कुम्हलायी कलाई पर से गट्टे तक बिछलती हार-सी चूड़ियाँ, माथे के बीच से हटकर लगी अण्डाकार बिन्दी, यह सब जैसे विधवा का शृंगार था। वह शृंगार झूठा था, धोखा था। सीने पर उठती-गिरती श्वास भी झूठी थी, जैसे किसी ने पम्प से वह श्वास उसमें भर दी हो, और अब धीरे-धीरे वह चुक रही हो।

तभी अचानक जैसे शामी के शरीर में भूकम्प आ गया। वह दुहरी हो, मुख छिपा फूट पड़ी थी। शरीर को जैसे कोई अन्धड़ झकझोर रहा था। बरसों का थमा रोना पिघलकर बहने लगा। जिस मूक क्रन्दन को सारी दुनिया से छिपाये थी, वह आज मधुरिमा के सम्मुख ही फूट पड़ा। मधुरिमा ! उसके अतीत और उसके कपिल का ही अंश, उसके एकान्त का प्रहरी ! और, शामी कुछ और खुलकर रोने लगी।